KB106301

아침의 나라

아침의 나라

발행일 2016년 11월 21일

지은이 문 정 조
펴낸이 손 형 국
펴낸곳 (주)북랩
편집인 선일영 편집 이종무, 권유선, 김은주, 김송이
디자인 이현수, 이정아, 김민하, 한수희 제작 박기성, 황동현, 구성우
마케팅 김회란, 박진관
출판등록 2004. 12. 1(제2012-000051호)
주소 서울시 금천구 가산디지털 1로 168, 우림라이온스밸리 B동 B113, 114호
홈페이지 www.book.co.kr
전화번호 (02)2026-5777 팩스 (02)2026-5747

ISBN 979-11-5987-300-3 03810(종이책) 979-11-5987-301-0 05810(전자책)

이 도서의 국립중앙도서관 출판예정도서목록(CIP)은 서지정보유통지원시스템 홈페이지(http://seoji.nl.go.kr)와 국가자료공동목록시스템(http://www.nl.go.kr/kolisnet)에서 이용하실 수 있습니다.
(CIP제어번호 : CIP2016028008)

아침의 나라

한반도를 수메르 문명의 원류로 지목한 한 지식인의 역사추적

문정조 지음

북랩book Lab

차례

【제2부】 한민족 대한반도(桓國-수메르·배달-고양벌)

【제3부】 한민족 겨레 울림

한반도에도 중석기문화가 존재하였다면, 구석기인과 신석기인들이 시간적으로나 체질적으로 완전히 단절되지는 않았을 터인데, 불행히도 아직까진 확신하기 어려움이 현실이다. 따라서 지식의 한계로, 빙하기를 계기로 구석기인들이 대부분 사라진 후 한반도 바깥에서 신석기인들이 옮겨왔을 거라는 생각에 머물게 되었다.

물론 공주 석장리, 청주 두루봉 동굴, 단양 수양개 유적, 충주 수몰지구 유적, 연천 전곡리 유적 그리고 암사동을 비롯한 한강 유역에서는 청동기시대에 이르기까지의 선사, 상고시대 유적과 유물들이 발굴되어 왔다.

근래에 와서는 일산신도시가 있는 **가와지 유적지에서 5,000여 년 전의 볍씨를 비롯한 농경문화와 즐문토기 그리고 뗀석**

기들이 발굴되어 고고학계를 긴장시키고 있다. 그 충격은 필자에게도 전해져 세계에서도 그 유례를 찾아보기 힘든 '5,000년 고양벌'에 관심을 가지기 시작한다.

그러나 국내에는 5,000여 년 전의 기록된 자료가 없다는데 한계를 느껴 수메르시대의 점토판 해독자료가 있는 유럽으로 옮겨가 상고시대 자료를 수집하고 공부해 일산벌에서 발굴된 유물들을 비교 조사할 수 있게 된다.

첫 번째로 고양벌 역사속의 문화를 『**일산 아라리**』(2013)라는 책으로 발표하게 되고, 두 번째로는 발굴된 5,000여 년 전 점토판의 해독된 "**수메르문화**"를 통해 **4종류의 가설**을 설정할 수 있게 된다. 가설 하나는 양 지역(수메르와 고양벌)의 유물 중 **즐문토기**가 유사하다는 점이고, 두 번째는 **관개농법**이 유사하고, 세 번째는 **생활상이 유사**하다는 점이다. 그리고 마지막으로 수메르어와 한국어의 언어체계가 같은 **교착어**라는 점이다.

검은 머리, 순장문화, 씨름, 결혼풍습, 원통도장, 60진법, 자연숭배사상, 사후세계관, 참기름과 마늘을 즐겨 먹었던 식음 문화, 그리고 양 지역 언어의 체계가 같은 교착어라는 사실을 알게 된 것이다. 이와 같은 내용을 정리해 『**수메르·한반도**』(2014)라는 책으로 두 번째 발표하게 된다.

다음의 완결 본으로 출간을 준비하고 있는 '아침의 나라'는 지금까지 중간중간 발표과정을 거쳐 걸러진 내용과 최근에 와서 추가 발굴되어(2012년) 해독되고 있는 방대한 수메르시대의 점토판 내용까지 수집, 검토하여 마지막 본론으로 하여 쓴 5,000년 문화 이기에 한반도 고양벌(고양시)의 진면목이 되었으면 하는 바람이다.

"**아침의 나라**"는 5,000여 년 전 상고 수메르시대의 **가와지 마을**이 있는 **고요한 고양벌**을 의미한다.

일산 **'수메르 원'**에서 저자 문정조

동쪽 새벽하늘
싱그러운 햇빛으로
붉게 물들이어 동 틔우고
아침 산야
따뜻한 햇살 보내
온유히 깨우고야
해돋이 하네요

이는 백성 사랑이요
한민족 창시이념 홍익이리라….

북한산에서 솟아
수천 년 품은 햇살
백운대 지나

원효봉 의상능선 넘으니
한반도 고양벌에 따스한 햇살 가득하여라

온기 품어 모 기르고
벼잎 키워 튼실히 영글게 하니
가을 마당마다 통 큰 노적가리라
풍년가 부르네

동쪽 샛바람
태백고산 넘고 넘어
힘들여 이른 동풍
이윽고
북한산 허리 넘으니
반도 고양벌에 안겨 사푼히 잠드네

그래도 훈훈한 여름비 불러와
논물 채워 벼 성장시키니
가을마당마다 벼 멍석들 차지라
웃음꽃 환해라

그렇게 이어와 생명 일으키는
밝은 명월에 훈풍 이는 한반도 고양벌,

그 뿌리에는 한민족
배달-고조선 유민이 있었네요.
불멸의 고도 달을성이 있었네요.
인류 최초 문명 '수메르' 시대
'일산벌 가와지' 선민들이 있었네요.

만여 년을 숙성시켜 온 한민족,
이제 신한류 문화도시로 새롭게 거듭나려 하네요.
이제 평화통일특별시 이뤄, 홍익정신 구현하려 하네요.
이제 평화통일광역국가로, 한민족에 희망 주려 하네요.

| 시작하며 |

지금으로부터 5천여 년 전
티그리스·유프라테스 강 유역에는
곱슬머리에 거친 수염으로 얼굴을 반쯤 가린
검붉은 농사꾼들이 살아가고 있었다.

원시농법이라
항상 허기져
먹을 것을 찾아다니는 게 일과였고

이곳에도 세월이 흐른
어느 날엔가는
천지개벽이 일어나게 된다
수염이 별로 없는 검은 머리 황색인종이
예고 없이 나타났던 것이다.

그들은 청동기 문화를 이미
체험하고 터득했던 선민들(환인의 환국, 한 지파로 추정)
고작 나무로 만들어 힘들게 사용하고 있던
토착민들의 농기구들이 세련된
반달돌칼, 도끼, 홈자귀 등으로 바뀌게 되고
농업 생산성 또한 몇 배로 높아져 간다.

그 후부터
이곳의 지배자는
자연스럽게 검은 머리 황색인종이 되고
권력까지도 가지게 되었을 거라는 생각이다.

점차 먹을거리가 해결되자
이웃들이 모여 마을이 되고 우르크, 엘우바이드,
라르사, 우르, 에리두가 더해져 도시가 되어간다.
세계최초의 도시국가 탄생인 것이다.

이때부터 역사학자들은
이곳을
메소포타미아 문명 도시라 부르게 된다.

메소포타미아 역사에는

고도로 발달된 청동기 문화와
흙을 재료로 한 삶의 지혜가 남아 있고
대홍수의 흔적을 남겨
초심의 신자들을 격앙되게도 한다.

수천 년 전의 대홍수 흔적
구약성경에 나오는
노아의 방주를 연상케 하는 대사건
그래 갈등하는 것이리라

그 시대
그 주인공들을
우리는 [수메르인] 이라 부른다.
그들은 과연 누구이고
과연 어느 곳에서 어떻게 왔을까?

근래에 와 고양시 일산벌 가와지에서
5,000여 년 전 수메르시대
그 무렵의 볍씨, 보리씨 그리고
주거흔적 특히 농업 상황이 확인되었다.
신석기시대 이래의 유적과
유물이 많이 발견되었던 것이다.

벼농사의 선사시대 기원을 알게 했고
갈색 토탄층에서는 볍씨, 보리씨, 그 외 씨앗들과 과실 열매,
그 아래에서의 즐문토기,
그리고 모래층에서 발견된 석기들이 후기 뗀석기들이라는 점
또한 수메르인들의 농사법과 생활에도 유사점이 많기에 비교하면서 심층적 연구가 필요하다는 생각을 하게 되었다.

우선 수메르에 이르는 한민족의 대장정이
2회에 걸쳐 이루어졌던 것으로 보인다.
첫 번째는 **환인의 환국연방 한 지파**에 의해서고
두 번째는 **환웅의 배달후예 고양벌 선민**들에 의해 이루어져
수메르문화에 영향을 주었던 것으로 추정된다.

브리태니커 백과사전,
삼성출판 대세계의 역사에서는
두 어원이 같다고 한다.
수메르어와 한국어는 동일한 교착어라며….

고고학자 크레이머는
수메르인은 동방에서 왔다고 확신한다.
검은 머리, 청회색 토기, 순장문화, 씨름,
그리고 중동어와 다른 교착어를 보아도….

소설 『수메르』 작가 역시 말한다.
뜻밖에도
그들은 한국에서 왔다.
그들은 한국인이었다.
그들은 환인의 자손이었다.

한민족 이동기에
수메르로 건너갔던 것이리라….

수메르의 어원도
우리말 '소머리'에서라 말한다.
또 다른 고고학자는
한밝산(백두산) 기슭
성스러운 하늘의 강 '송화강'에서
유래되었다고도 한다.

좁은 한반도를 벗어나
대륙을 누볐던 우리 영웅들의
장대한 원정길이 있었으니 혹시
고양시 일산벌 가와지 옛 주민들이
두 번째 주역이지는 않았을까?
여기에서부터 대서사시는 시작된다.

한민족의 시원 환국(桓國),
중앙아시아 바이칼호 주변에서 출발해
신시(神市) 배달나라 시대를 거쳐 이른 고조선,
그리고 패망에 따른 유민들의 유입으로 한민족의 만남이
자연스럽게 한반도 고향벌에서 이루어지게 되었으리라….

한반도 고향벌 문화와 수메르의 문화가 유사했던 이유는
이와 같은 한민족의 이동기에서 찾아 나간다.

우리도 천하제국을
호령했던 때가 있었음이라….

수메르역사 점토판이 해독되고
소설 '수메르'가 쓰이고
이제 수메르 에세이도 쓰여지고 있다.

거기에는
단군 이전 한민족의 시원이 있고,
놀라운 한민족의 판타지가 있고,
그리고 우리의 뜨거운 혼이 불타고 있다.

결국 환국-배달-고조선으로 이어온 한민족의 만남이 한반도 고양벌이 되어, 그곳에서 통일된 한민족 만남의 문화를 꽃피게 한다. 그리고 미래의 한민족 수도를 고양벌(평화통일특별시)에 두어 한민족 통일광역국가시대를 열어가게 하고, 그 상징성을 '배달해오름'으로 마무리하려 한다.

이는 한민족의 혼 '광명'이요!

창시이념인 '홍익'을 보여주는 것이리라….

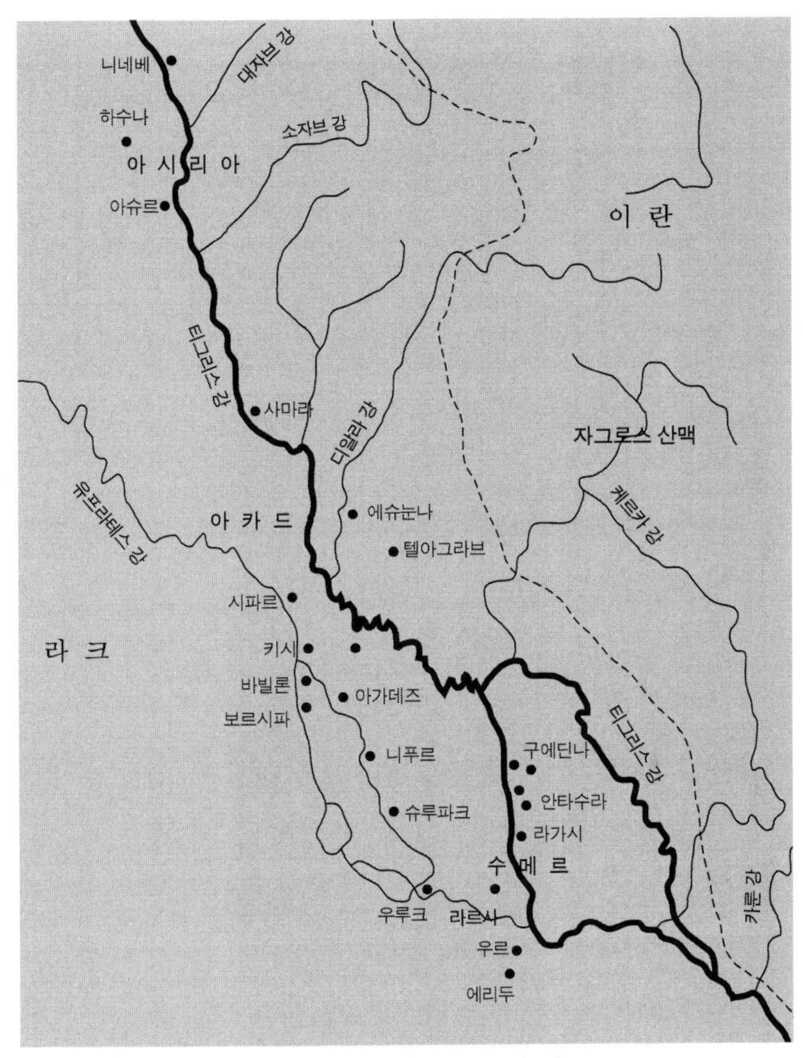

'수메르'를 중심으로 한 주위 세부도(출처: 『대세계의 역사』, 삼성출판사)

우리나라 역사에는
상고사가 달아나 없다 한다.
상고사라면 적어도
삼한시대 이전 역사를 말할진대
이 부분이 없으니
머리 없는 나라 역사라
아마도
있었는데 없는 것으로
해석을 달리한 것이리라….

겨우 12~13세기에 나온 김부식의 삼국사기(1145), 이승휴의 제왕운기(1281), 그리고 일연스님의 삼국유사(1289)에 오직 매달려 왔다.

그 외의 고구려 유기백권(留記百卷), 백제 서기(書記)(375), 신라 국사(國史)(545) 그리고 20여 만권의 고서는 이미 흔적도 없이 사라져 버린 지 오래다.

역사학자들은 고민하기 시작한다. 그 대표적인 사례가 삼국유사의 "고조선 조"이다. 마침 "**환단고기와 규원사화**"의 발견으로 흥분한다. 그러나 강단 사학계에서는 위서로 취급해 기피해 온 책이다. 대신 인정하는 고대 사서로는 삼국사기, 삼국유사 그리고 제왕운기 정도였으니 우리나라 상고사가 달아나 없다는 것이리라….

그나마 다행이라면 중국 사서에 여러 "동이족"에 관한 기록이 남아 있어 의존적으로나마 옮겨올 수 있게 된다. 그래도 아쉬움은 남는다. 대부분 후한서 이후의 사서들이 되다 보니 단군 이전의 사실은 기록에 빠져 있고, 진한 이후에 나온 자료들에는 동이족을 폄훼하고 멸시하는 기록들이라….

마침 최근에 와서는 동북아역사재단에서의 "**상고사 문제와 환단고기**"에 관한 공개강좌와 공론의 장을 갖는 등(2014, 여름) "**환단고기와 규원사화**"에 대한 관심이 조금씩 높아져 가고 있다. 참으로 다행스럽다는 생각이다. 그중에서도 "**환단고기**"를 통해 삼한·삼국 이전의 역사기록이 있다는 사실을 알게 된 것은 잃어버린 상고사의 대발견이리라….

지금으로부터 1,000여 년 전 고려말 몽고가 고려의 내정을 간섭하던 무렵, "이암-이명-범장" 세 선비는 춘천의 태소암(太素庵)을 찾아 나선다. 거기에는 '소전'이란 선비가 살고 있었는데, 그분이 바로 "태소암" 주인이었다. "어서 오세요! 세 선비가 오시는 것을 미리 알고 있었습니다"고 한다. 그곳에서 발견된 것이 "**환단고기와 규원사화**"였다는 것이다.

그 후부터 이암은 "**단군세기**"를, 이명은 "**진역유기**"를 그리고 범장은 "북부여기"를 쓰기 시작해 후대에 알린 것이라 한다(박성수 교수 특강, '상고사' 강의록 발췌).

지금 우리나라의 역사는 하나가 아니라 넷이나 된다.

첫째는 '2천 년설'인데, 일본 제국주의자들이 왜곡한 "조선사"이고, 둘째는 '4천 년설'인데, 기자가 동래한 후부터 계산한 조선시대 유학자들의 "사대주의 역사관"이다. 셋째는 '5천 년설'인데, "단군의 고조선 건국을 기점으로 계산하는 역사"이고, 넷째는 '6천 년설'인데, "환국으로부터 계산하는 역사"이다.

필자의 경우는 네 번째 '6천 년설'에 더 신뢰하고 있다. 중국 "진서(晋書) 숙신열전(肅愼列傳)"에 환국의 12연방의 이름이 기록되어 있다. 이로 인해 환국을 중국의 사서에서 '숙신'으로 표현하고 있다는 사실이 새로이 발견된 것이다. 그리고 "일연스님"도 이미 삼국유사"에서 "昔有桓國"이라 하였으니 환국(桓國)이 있었다는 사실을 인정하고 있었던 것이리라(환단고기).

따라서 앞으로의 글에는 "**환단고기**"의 역사 자료를 참고로 하게 됨을 미리 밝혀 두는 바이다.

제1부

한민족 '5,000년 고양벌'

1. '아침의 나라' 사계

봄(한강 하류 고양벌)

순한 벌판 하늘에
봄별 채워오고
강 하류 주엽 샛강
피라미들 유영하니
생명이 기척 해오네

굽이굽이 뒤로하고
다 이루어온 한강물
잔잔히 퍼져
마지막 모습으로
바다에 읍소하네
그래도 즐거워 마냥
일렁이는구나

한강변 갈대밭
따스한 햇볕 만나
속삭이듯 아지랑이 아른아른
춤추어 오르네

그렇게
새 생명들 꿈틀대니
봄의 약동이라
에너지가 지천이다

그 땅에 힘차진 새싹들
자연에 알리려 다투어
눈인사 보내는구려….

여름

추적추적
여름
비 내리는 이른 아침
하늘과 대지 맞닿아
속삭이네

드넓은 일산벌에
물 들고 나가기가 몇 해던가
철새 불러드리고
숨구멍 열어
새순 움 틔우니
생명의 소리 가득하여라

봄에는
갈대 새순 돋아 생명력 빛내고
여름에는
게 짱뚱어들에 놀이터 내주고

가을이면

갈대밭 물들여 황금물결 이루니

철새들 황금에 팔려 왁자지껄이라

생존의 일막 보게 하네.

가을(산야소리)

하느작하느작 갈잎 소리
사각사각 갈대 소리
스르르 훨훨 꽃술 나르는 소리
산야 깨워
가을주인 이웃해 오네

파랗게
맑아 온 가을 하늘
그 아래 갈대잎들
다투어 햇살 머금으니
온기 채우고 채워
황토 옷 갈아입네

바람불면 바람 따라
비 오면 빗길 따라
인적 다가오면 걸음 따라
그렇게 흐느적이다가도

석양 오면 움추러드네.

갈대잎 지자
바람 자고 해도 지네
고요만의 세상일 때 사방으로
흩날려 생명력 이어가려 하네.

겨울(평화, 따뜻한 동행)

아내는 청각장애인이다
그래도 가끔은 소리를 듣는다
미사 중 성가대의 선율이다
그래 주일미사를 내내 기다리는지도 모른다

헬렌 켈러의 책 『사흘만 볼 수 있다면』을
'나도 사흘만 들을 수 있다면'으로 바꾸어 본다면
성가대의 "아베마리아"를 듣고 싶단다

독일 간호원 시절
공포에 찬 수술대기실의 환자들에게 들려주던
솔로 송이 '아베마리아'이었거든
그로 인해 뭇 사람들에서
사랑받던 때를 그리워 하나 보다

하얀 눈이 소복이 쌓인 엄동설한
대림절 미사에 꿈이 이루어진다

성가대에서 '아베마리아'를 들려준다
처음부터 끝까지 음률이 들려온다
눈물도 선율 되어 흐르고….
묵주 쥔 손아귀도 촉촉이 젖어오고….
들리지 않은 사람을 위하여 부르는 배려와
들을 수 없음에도 듣고자 하는 몸부림에는
은총이 가득한 감동으로 다가온 것이리라….

이 땅에 평화 내리고
낮은 생명에도
소리 보내주시니…
따뜻한 겨울이네요.

2. 선사시대

1) '한반도·고양벌' 구석기 족적

우리나라에서 구석기를
연구하기 시작한 것은 50여 년에 불과하다.
공주 석장리 유적이 발견됨으로써 처음으로
우리 땅에도 구석기시대가
있었으리라는 가능성을 가지기 시작한다.
그때가 1964년이다.

그 후부터 국토의 지형변경이 일어나는 공사들이 많아짐으로써 유물, 유적 발굴의 기회도 많아져 간다. 제천 점말동굴이 발견되었고 그후 청주 두루봉 동굴도 발견된다. 여기에서 놀라우리만치 관심의 폭이 대중에게 확대되어 한반도에서의 구석기 이야기가 보편화 되어간다.

청주 두루봉 동굴에 대해서는 무려 10차에 걸친 조사가 이루어진다. **석기, 짐승 뼈, 사람 뼈**가 같은 동굴에서 발견되는 전형적인 구석기 유적의 양상을 보임으로써 관심이 더욱 확대되어 갔던 것이다.

그래, 혹자들은 말한다. 청주 두루봉 동굴은 '한국판 주구점유적'이라고…. 그러나 80년대에 와서는 몰지각한 업자들의 광산활동으로 사라지고 만다. 참으로 안타까운 일이다. 그나마 다행이라면 여기에서 찾아진 여러 고고학 자료들이 세계구석기학회에 보고되고 인정받아 세계적 관심으로 부상하게 된 점은 수확으로 보인다.

두루봉 동굴에서 뼈가 발견된다는 막연한 정보는 1976년 7월 26일이었다. 답사가 이루어지면서부터 조사는 즉시 진행됐다. 그만치 가능성이 높아 보였던 것이다. 짐승 뼈 화석과 뼈 연모, 여기에 사용된 석기, 그리고 이 연모들을 만든 사람들의 뼈까지 같은 곳에서 발굴하게 되었던 것이다.

두루봉 동굴의 발굴 계기를 만든 '제2굴' 조사 시엔 더 많은 자료가 발굴된다. 다양의 동물상(3문 7강 15목 28과 37속 46종)과 다양의 식물상(3아강 10목 13과 12종)이 발굴된다. 그중에는 쌍코뿔이, 하이에나, 큰원숭이와 같은 멸종된 짐승도 발굴되어 더욱 주목을 받게 된다.

화덕자리에서는 오리나무 숯 조각이 발견된다. 당시 사람들의 화덕을 중심으로 한 생활상을 알 수 있게 한다. 진달래 꽃가루도 발견되었다. 이는 처음으로 인간이 꽃을 좋아했음을 알게도 했다. 또한 사슴의 이빨 분석으로 사냥은 주로 9~10월에 한 것을 알게 되었다. 그리고 동굴에서의 생존일수도 알아낼 수 있었는데, 전체의 뼈 화석을 통해 278일임이 밝혀졌다. 여기까지의 자료를 종합해 볼 때 중기 홍적세(약 2만 년 전)에 해당하는 것으로 판단되고 있다.

단양군 적석면 애곡리에 있던 수양개부락에서는 3만 점에 이르는 유물이 발굴되었다. 여기가 바로 '수양개 유적'이다. 원료가 되는 석재는 유적에서 하류로 1.5㎞ 떨어진 산제골에서 날라서 석기제작소를 중심으로 석기를 제작했던 것으로 확인됐다. 출토된 석기에는 다양한 형식의 주먹도끼들이었는데 특히 슴베찌르개와 좀돌날 몸돌이 특징적으로 해석되었다.

충주댐 수몰지구 하류 쪽에서는 50,000㎡에 해당하는 넓은 충적토 대지 위에 26개의 집터가 발견되었다. 밀집된 상태로 취락을 이루고 있었음을 확인할 수 있었다. 특이한 점은 집터 대부분이 불에 탄 채로 발굴되었다는 점이다. 그래도 여기에서 토기, 철제도끼, 구슬, 곡물 등이 발굴되어 당시 생활형태를 복원할 수 있었다. 시루와 같은 떡 만드는 토기도 발굴되었다. 그리고 옥으로 만든 많은 구슬도 발굴되어 당시의 내밀한 생활상까지도 들여다볼 수 있게 되었다. 곡물도 다양하게 검출되었는데 밀이 대부분이므로 당시 사람들의 주식은 밀이었던 것으로 해석된다.

주를 이루었던 2유물층에서는 12,000점 이상의 석기유물이 발굴되었다. 돌날몸돌과 돌날, 좀돌날몸돌과 좀돌날, 조각, 망치 등이 발굴되어 석기 제작상을 알 수 있게 했다. 그리고 주먹도끼, 찍개, 찌르개, 긁개, 밀개, 홈날, 뚜르개 등과 다양한 크기의 망치돌과 격지 등으로 보아 석기제작이 장인에 의해 이루어졌음을 알 수 있게 한다.

1983~5년에는 충주댐 수몰지역 문화유적 발굴조사로, 후기 구석기문화층을 중심으로 1,250㎡를 발굴하여 10차에 걸쳐 조사가 지속됐다. 충주댐 수몰지구로 인해 시작된 조사로 1지구의 찰흙층에 발달한 후기구석기문화층은 우리나라의 구석기 유적 가운데 단일면적으로 가장 큰 발굴 유적으로 진행되어 3만 점에 이르는 많은 유물이 발굴되었다.

'소로리 유적'은 충북 청주시 소로리 일대를 말하는데, 현재 오창과학산업단지 안에 위치하고 있다. 남쪽으로 금강의 지류인 미호강이 300m쯤 떨어져서 흐르고 있는 넓은 벌판이다. 여기에 오창과학산업단지가 들어서게 되면서 사전적으로 조사하게 되는 문화

유적 지표조사 과정에서 확인되었다. 구석기시대 유적과 토탄층이 발달 되어 있음도 확인되었는데, A지구 토탄층에서 볍씨가 발굴되었다. 토탄분석으로 검출된 자료를 포함하여 모두 127톨이 검출되었다.

연대는 17,000년 전의 고대 벼로, 중국 호남성 옥첨암보다 적어도 3,000년이 앞섰으며, 지금까지 세계에서 가장 오래되어 크게 주목되고 있다.

DNA 분석결과 청주 소로리 볍씨가 단립형 야생벼와 가까운 유전적 배경을 지닌 것으로 해석하고 있다(조용구 교수). 청주 소로리 볍씨보다 늦은 연대로 밝혀진 고양 가와지 볍씨형은 자포니카와 인디카의 범주에 가까워지고, 가와지 볍씨Ⅱ형은 거의 자포니카종으로 발전한 것으로 해석되고 있다.

고양지역의 구석기 유적 조사는 일산 신도시 건설에 따른 조사였다(단장 손보기 교수). 조사과정에서 중기-후기 구석기층이 있음이 보고되었는데, 둥근 주먹도끼와 뾰족 주먹도끼였다. 대단히 중요한 정보였는데도 더 정밀한 검사가 진행되지 못했던 점은 아쉬움으로 남는다. 토탄 조사에 연구가 지향되다 보니 구석기 조사에 만족스럽지 못하게 된 것 같다.

그러나 이미 '가와지 3지구와 3-1지구'에서 발굴된 500여 점의 중기와 후기 구석기시대의 석기들을 정밀하게 분석해 앞으로 고양지역 구석기문화의 체계화에 좋은 기준이 되도록 해야 할 것이다.

실질적으로 일산신도시 지표조사가 끝난 이후 한동안은 공백기가 있었다. 그 공백기를 거친 후 파주 교하에서 고양 덕이동에 이르는 도로 건설에 따른 조사로 구석기시대의 새로운 2층이 찾아진다. 이러한 연구결과는 그 후에도 이어져 탄현동 유적과 원흥동·신흥동 유적에서도 같은 연구결과를 얻게 된다.

특히 원흥동 유적에서 출토된 둥근 **주먹도끼**가 주목받고 있다. 이 자료들과 연결되는 대표적인 것은 연천 전곡리와 파주 운정(1지구 5지점)에서 출토된 유물과 너무도 유사한 형식을 갖고 있다는 점이다. 전문가 배기동 교수는 당시의 주먹도끼 유형을 10만 년 전까지로 올려잡고 있다. 그러나 고양지역의 OSL 연대 측정자료는 5~6만 년의 범주로 하고 있어 여기에 대한 검토가 뒤따라야 한다고 말하고 있다.

고양지역에서 중기와 후기구석기 문화만 밝혀지고 있는 현실에서, 전기구석기까지도 소급될 만한 자료들이 확인될 수 있을지는 아직은 모른다. 그러나 여러 정황으로 보아 가능성은 있다고 보는 게 전문가들의 전망이다. 당시의 지리적인 여건으로 보아서도 당시의 고양지역은 중국과 연륙되어 있었다. 이런 점을 고려할 때 앞으로 전곡리보다도 연대가 더 올라가는 석기시대의 유물이 고양지역에서 발굴될 거라는 가능성은 있다고 보는 것이다. 따라서 앞으로 수없이 많이 벌어질 지형변경(건축공사 등)이 있을 시에는 반드시 전문가를 입회시키는 등의 노력을 통해서 혹시라도 지나칠 수 있는 우를 더 이상 범해서는 안 될 것이다(이융조 교수 특강, '한국의 구석기문화와 고양' 강의록).

3. 상고시대

1) 한민족 영웅들의 장정

수메르인들의 점토판 해독 전문가인 '크레이머(Samul kramer)'는 5,000여 년 전 수메르인은 동방에서 왔다고 결론지었고, 고고학자 'C.H 고든'은 수메르인은 동방에서 오면서 '무슨 고대문자식 기호를 가지고 온 듯하다'라고 했다. 그리고 브리태니커 백과사전과 삼성출판 대세계의 역사에서는 머리카락이 검고 후두가 편편하고, 순장문화에 청회색 토기를 사용했다고 했는데, 이 청회색 토기는 동이인의 영역 산동성 '소호'에서 창시된 것이다. 수메르인들 역시 점토판을 통해 동방의 종주국을 '하늘나라'로 말하고, 그 하늘산을 넘어왔다고 기록해 왔다. 이는 수메르인들의 원 고향이 천산이 있는 환인의 **환국**(桓國)과 동이인의 나라 **배달 소호국**에 있었음을 뒷받침해 주는 것이리라….

그 동방 문명의 정체는 '환단고기(桓檀古記, 9000년 한민족역사)'에서 찾아볼 수 있다. 마지막 빙하기가 10,000여 년 전에 물러가고 간빙기에 접어들면서 새로운 인류문화가 싹터가게 된다. BC 7000년 경에는 우리 민족의 시원인 '환국'(桓國)이 중앙아시아의 천산과 바이칼호를 끼고 동서 2만 리, 남북 5만 리에 걸쳐 세워지게 된다.

그러나 BC 6000년 무렵부터는 러시아의 기후 이변으로 다시 한랭기가 도래하게 된다(환단고기). 살기 위해 온화한 곳을 찾아 남서쪽으로 이동해 이란을 거쳐 메소포타미아 지역에 이르게 되고, 일부는 동남쪽으로 이동해 백두산과 하얼빈 인근에 정착하게 되고, 또 다른 일부는 동북쪽으로 이동해 베링 해협을 건너 아메리카에 이르게 된다.

이때 동남쪽을 택했던 환웅 일행이 현지에 배달나라를 세워 정주함으로써 후손들은 점차 남으로 이동해 임진강을 건너 **고양 일산벌에 이르러 가와지 농사**를 짓게 되고 강안 문화를 체험하게 되었으리라 생각해 본다.

이 시점에서 추정해 볼 수 있는 것은 이미 남서쪽으로 이동해 갔던 환국과 같은 환족(12지파 중 하나)이 수메르문명에 주역이 되었을 거라는 것을 생각해 볼 수 있다.

그러나 점토판을 통해 이미 알게 된 일산벌 문화와의 유사점(유사관개농업, 유사생활상, 유사유물 등)을 이해시키는 데는 부족함이 많아 추가로 추정해 볼 수 있는 것은 **관개농법**을 터득한 **옛 고양벌**

가와지 농민들 역시 오랜 세월이 흐른 후이지만 직접 수메르로 대이동을 했을 것이라는 점이다.

2) 한민족 대이동의 족적

신석기시대에 와서야 농경과 목축을 하게 되고 토기를 사용하며 정착생활과 촌락을 형성하여 공동체 생활을 하기 시작한다. 이로써 원시 형태의 국가가 생기게 되는데 바로 환국(桓國)이다.

환국과 관련된 '바이칼호 주변의 유적지' 발굴은 1960년대 이후에야 본격화된다. 바이칼호 주변에는 토굴 유적지가 많다. 그중에서도 시르카(shilka)동굴에서 발굴된 인간 **두개골**과 **즐문토기**(6점), **세석기**(118점), 그리고 다양의 **벽화**가 우리에게 관심을 갖게 한다. 현재는 시베리아 치타박물관(chita)과 러시아학술원 물질문화사연구소에서 보관하고 있다.

환단고기에 나오는 환국에 관한 기록은 유적지 발굴 이전에 기록된 것들이다. 그런데도 발굴해 보니 기록과 유사하다는데 놀라움이 있다. 대표적인 것으로 유골을 들 수 있는데, 황인종에 속하는 '몽골리안'으로 확인되었다. 놀라움은 또 있다. 바이칼호 주변에서 한민족 선인들이 생활했던 흔적도 찾아볼 수 있다는 점이다.

그들은 즐문토기를 사용했다. 그리고 다리가 짧고 얼굴이 평평하며 코가 낮고 입술이 작고 눈꺼풀이 두텁고 눈이 가늘었다. 동상과 찬바람에 잘 견디고 설상에서 지내는데 보호막이 되었을 것이다. 더 중요한 것은 한국인과 외형이 같음을 의미한다는 점이다. 오늘날까지도 바이칼호 주변의 원주민들은 한국인과 유사하다는데 더 큰 놀라움이 있다.

환단고기에 따르면, 천산에 거(居)하며 득도하여 장생하신 인물이 환국의 지도자가 되는데, 그가 **환인**(桓人)이다.

환국인들은 천산(天山) 동쪽에서 바이칼호에 이르기까지 신석기 문명을 건설하며 대규모 공동체 생활과 집단생활을 해왔다. 그러나 환국의 말기에 이르면 시베리아의 기상 이변으로 또 다시 한랭시대를 맞게 된다. 따뜻한 곳을 찾아 먹이를 찾아 대이동이 벌어진다. 그중 일부는 동남쪽을 택해 북만주와 백두산 및 발해연안에 자리 잡게 된다. 그들이 근간이 되어 세워진 나라를 배달국으로 보고 있다.

우선 '즐문토기' 분포로 한민족 대이동의 족적을 추적해 볼 수도 있다.

한반도 신석기시대, 강안 주민들, 우연한 기회에 점토가 구워지니 단단하게 된다는 사실을 알게 된다. 그간 가죽이나 식물의 줄기를 얼기설기 엮어 생활도구로 사용해 오던 게 고작이었는데, 우연한 기회에 단단하고 물 안 새는 토기가 만들어진 것이다. 액체까지 저장하고 운반할 수도 있으니 식생활에도 큰 변화가 일어나게 되었고, 억세고 독이 있어 섭취가 어려웠던 식물자원도 식량으로 활용할 수 있게 되니, 한곳에서 오래 정주할 수도 있게 되었던 것이다.

그러나 빗살무늬토기에 관한 유래를 시베리아지방의 영향을 받아 발생한 것으로 보는 견해가 지배적인 게 현실이다. 북유럽의 핀란드, 북독일 일대에서 번영했던 캄캐라믹(kamkeramik)이 동쪽으로 전파되어 시베리아를 거쳐 한반도로 들어왔을 거라 믿는 데서 유래하고 있다.

그러나 우리의 토기와 제작방법이 다르고 태토, 색, 문양 구성이 달라 한반도의 빗살무늬토기는 한반도에서 자생한 것이라는 견해가 차츰 확대되어 가고 있다. 필자 역시 후자에 동의하고, 특히 방사성탄소연대 측정치에 더 신뢰하고 있다.

지리적으로 문화의 흐름이 동부 시베리아에 이르려면 장강 예니세이강을 건너야 하는데, 그 강안에 진출이(발굴연대) BC 3000~2000년 경임에 비추어 한반도의 것은 BC 4000~3000년 경이라는 사실이 두 문화의 연결을 불가능하게 하는 것으로도 입증할 수 있다. 특히 한반도 중부 한강 하류 강안에서 발견되고 있는 바닥이 뾰족한 팽이형 빗살무늬토기는 당시 한반도 중부지방 토기의 독특함으로 볼 수 있다. 그런데 같은 모형의 토기들이 바이칼호 주변에서 발견되는 것이다. 이는 한민족 대이동기의 유물로도 볼 수 있다는 생각이다. 그러나 필자만으로는 이를 확인하기 위한 역할에 한계(외교, 경제, 시간 등)를 느끼므로 여기에서는 단서를 제공하는 정도 해두기로 하고, 앞으로 시간을 두고 이루어지는 개방된 조사와 연구가 이 가설의 구체화를 위해 확대 지속되어야 한다는 생각이다. 따라서 현재 필자가 할 수 있는 것으로 역사시대 그 이전 인류문화의 흐름에서 한민족 대이동의 족적을 찾아보려 한다.

참고로, 역사시대 이전 인류문화의 흐름이 "서쪽에서 동쪽으로, 북에서 남으로"라는 상식이 정통한 것만은 아니다. 예로, 시베리아 바이칼 유역의 신석기 후기인 '세르보문화'는 한반도의 첨저 빗살무늬토기보다 연대가 오히려 더 늦다. 또 하나 두만강 가까이에 자리 잡은 연해주 '보이스만 문화' 인골은 형질인류학적 분석을 통해, 신석기 전기에 두만강 유역에서 북쪽으로 주민 이동이 있었고, 지금의 에스키모인들은 바로 두만강 유역에서 북으로 이주한 '보이스만 문화'인들의 후예일 가능성이 높은 것으로 파악되고 있다(정석배 문화유적).

이처럼 반대로 동에서 서쪽으로, 남에서 북쪽으로의 문화흐름도 있었음을 알 수 있게 한다. 한민족 대이동의 경우도 그와 같은 흐름으로 이해할 수 있다는 생각이다.

당시의 배달영역은 광활한 만주지역를 위시해 한반도, 황해 건너 동이족의 나라 '소호국' 그리고 중국의 하북성, 하남성, 산동성, 강동성, 안휘성. 절강성에 이르는 대제국이었다. 따라서 고양벌 주민들은 같은 배달형제국인 소호국과는 어떠한 형태로든 교류가 있었으리라는 생각이다.

간빙기가 지속되면서 인구는 많이 늘어난 데다 시베리아의 기후 이변으로 혹독한 추위가 다시 밀려와 생존에 위협을 느끼게 되자(환국 말 기후, 환단고기), 생존 차원에서 따뜻한 곳을 찾아 서부로의 대이동을 결심하게 되었으리라….

이것은 환국의 연방 한 지파가 남동진해 세운 배달국의 후예들이 강안 농경문화(일산벌 가와지)를 체험하고 관개농법을 터득하여 그들의 선인들이 이동해간 따뜻한 수메르지역(오늘의 이락 지역)으로 되돌아가는 경우가 된다. 이 무렵을 BC 3000~2500년 무렵으로 추정하는데, 그들을 두 번째 수메르에 합류된 한민족으로 보고 있다. 그리고 그들을 검은 머리 동방인으로 기록한 점토판의 '수메르인'으로 추정하게 한다.

한반도 고양벌에서는 해안을 따라 북부의 요동지역(유사즐문토기, 홍산문화교류가 확인됨)을 경유해 소호국에 이르는 육로를 이용했거나, 아니면 범선(?) 또는 뗏목을 타고 황해(서해)를 건너 현지 동이인들과 함께 산동성 소호국에서 수메르를 향해 출발하게 되었으리라 생각해볼 수 있다. 또 다른 하나는 실크로드를 따라(당시 아직은 미완의 길, BC 206년부터 실크로드 시작) 중국 대륙을 횡단해 사마르칸트에 이르고, 거기에서 다시 투르크메니스탄-이란-이라크를 거쳐 수메르에 이르는 대장정으로 생각해 볼 수 있다.

이와 같은 장대하고 광범위한 역사시대 이전 한민족의 역사 문화의 흐름을 이해하기 위해서는 환국-수메르-중앙아시아-극동 러시아-만주-동북 3성이 포함된 "대한반도권"이라는 큰 그림 속으로 들어가야 한다는 생각이다. 따라서 본 책의 제2부에서는 별항 "대한반도"를 두어 이해하는 데 도움이 되도록 했다.

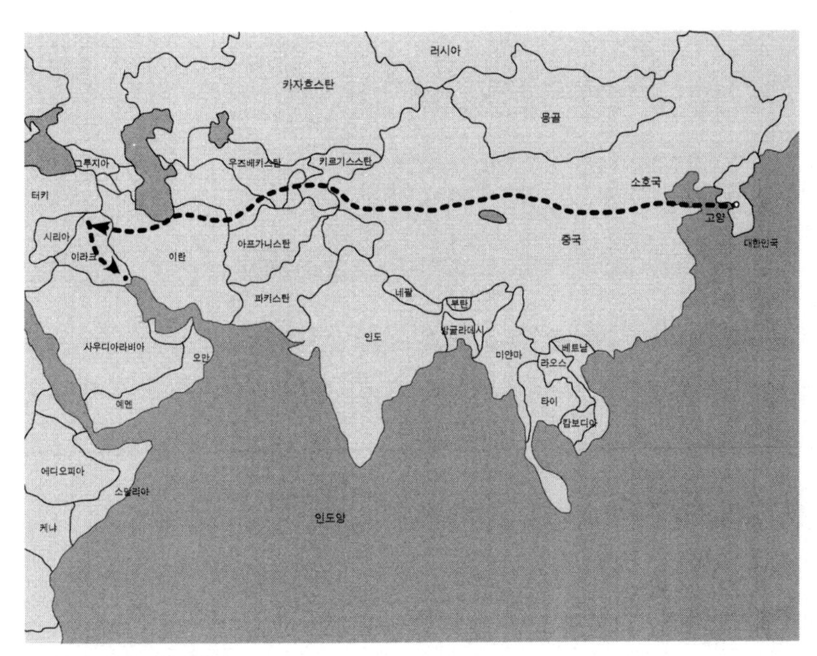

한민족 수메르 이동 추정도

4. 삼한시대 이후

1) 고양벌은 광개토대왕·장수왕 혼의 도시

마지막 빙하기가 지나고 간빙기에 들어서면서부터 어디에선가 들어와 주거지를 형성했던 흔적들, 곡릉천변의 즐문토기(빗살무늬토기) 창릉천변의 토기, 석기, 성사천의 동모용범, 일산 신시가지의 찍개, 끌개, 몸돌 그리고 뗀석기들, 이 모두가 석기시대 후기에서-청동기시대에 이르는 유물들이라 이곳의 공동주거 시작을 늦추어 보아도 5,000년 전으로 추정하게 한다.

고봉산을 중심으로한 달을성현(達乙省)은
고구려 문자왕에 의해서다.
할아버지는 장수왕이었고,
증조부는 광개토대왕이었다.
할아버지가 장수하다보니
아버지는 왕위에 올라보지도 못했다.
그래 장수왕은 문자왕을 더 애틋해 했던것 같다.

어려서부터 기마술에 달인이셨던 할아버지들을 경외하게 되었고, 커가면서 더욱 표상이 되어 할아버지가 정복한 북한산과 연계되는 고봉산을 중심으로 하는 광활한 일산벌 지역에 북한산군의 속현을 설치해 "**달을성현**(達乙省縣)"으로 이름지어 부르게 한다.

여기에서의 달(達)은 말을 타고 멀리 잘 달린다는 의미로 할아버지들을 영원히 기리려 했던 것 같다. 따라서 자연스럽게 **광개토대왕과 장수왕의 기백과 혼이 이곳에 묻어 있게 된 것**이다.

2) 고양벌을 지켜온 고대 성곽체계

옛 "고양벌"에는 북쪽의
고구려, 말갈, 중국 군현들의 남진으로부터
보호받을 수 있는 천혜의 장애물
임진강이 있었다.

지리적인 특이성 때문에
군장국가시대 이래로
임진강을 중심으로 영역을 확장하려는
각축전이 전개되었고, 군장시대 후에도
이 지역의 영유권에 따라
삼국의 흥망성쇠가 되풀이 되었다는 점에서
그 중요성이 크다고 할 수 있다.

문헌상에 처음 나타난 것은 백제의 온조왕 18년, "임진강 유역에서 말갈군대를 생포하였다"라는 기록이다. 이는 백제 초기부터 고구려 세력 하에 있었던 말갈(靺鞨)이 원산만 방면에서 철원-파주-연천에 이르는 추가령 구조곡을 따라 백제를 자주 침략했다는 의미이기도 하다.

그리고 장수왕의 평양천도, 475년 한성정벌이 이루어 지면서 임진강 유역을 비롯한 한강유역은 고구려가 장악하게 되고, 그 후부터 백제와 신라로부터 견제를 받아오다가, 553년에는 신라 진흥왕이 기습적으로 차지하게 됨으로써 영역 확장전쟁이 계속되게 된다.

삼국사기 신라본기에는 638년에 신라가 임진강 유역까지, 고구려가 638년, 신라가 660년에 북한산성을 포위했다. 그리고 임진강의 칠중성이 고구려성으로 기록돼 있다.

이렇듯 옛 고양 "달을성" 지역을 비롯한 내륙의 곡창지대와 한강연안의 전략상 중요한 거점들을 방어나 확보하기 위해서는 임진강을 따라 거점 성곽을 연결하는 관방 체계가 필요했던 것이다.

달을성현의 고봉산성이 축이 되어 행주산성-심학산보루-오두산성-대전리산성-아미성-칠중성-육계토성-호로고루성 그리고 수많은 임진강 보루들이 북방으로부터의 침입을 막아주고 있었다.

특히 한강은 전략적 배경으로 하고 있는 오두산성-심학산보루-고봉산성-행주산성이 연중 깨어 긴장이 흐르던 성채들이었다. 그 중에서도 관미성(오두산성, 그외 강화 교동도 설도 있음)은 난공불락의 성으로 세계전쟁사에서 다루어질 정도로 매우 중요한 성채였다. 이 모두가 불멸의 한반도 고양벌을 지켜준 힘이었던 것이다.

3) 무예강성 고양벌(달을성)

고양벌(달을성)

고조선 유민들

그들은

철 제련기술이 뛰어나

철의 강도를 높일 수 있었고,

최강의 검을 만들 수도 있었다.

주위 군장 국가들에 출전하면 이기는 승전부대가 되어 영토 확장에도 기여하게 되었고, 맨손 무술에서도 두각을 나타내 백병전에도 유리하게 작용될 수 있었다.

이렇게 되기까지에는 그간 수 세기에 걸쳐 군장국가들의 격전장이 되어왔던데 힘입은 바 크다고 할 수 있다.

옛부터 고양벌은 지정학적으로 중요한 위치에 있다 보니 많은 군장 국가들에 격전장이 되어왔다. 그 후 삼국시대에 와서도 때때로 고구려와 국경을 접하게 되었고, 신라에서도 중국으로의 해상통로를 확보하기 위해 호시탐탐 노리던 지역이 되어 긴장감이 상존해 왔었다. 거기에다 전략적으로 중요한 북한산성을 소유한 한강하류 연안인 관계로 최고수의 무인들이 경쟁적으로 모이게 되었고 그들에 의해 다양해진 무예 중에서 우수성에 따라 취사선택 되고 필요에 따라 여러 기술이 훈련되다 보니 우수한 군사를 확보할 수도 있게 되었던 것이다.

그리고 고구려 광개토대왕시대에 와서부터는 이 고양벌은 실질적으로 고구려의 지배권 아래 놓이게 된다. 그로인해 광업-농업-목축업이 발달하고 있었다.

그 무렵 요동지방의 철광석은 질적으로도 우수했고 그 생산량도 많아 동북아에서는 서로 차지하려 자원전쟁이 끝이지 않았다. 그때마다 승전한 고구려의 광개토대왕은 아예 수복지역에 철광업을 본격적으로 발달시켜 군사력 증강으로 이어 가게 했다. 이와 같은 환경이 고양벌(달을성) 내 군사력 증강에도 이바지하게 되었던 것이다.

당시 동북아 최고 강국인 중국의 북위조차도 고구려의 군사력을 두려워하기에 이른다. 예로 백제의 개로왕이 북위에 밀서를 보내 같이 고구려를 치자고 제안을 한다. 그러나 북위에서는 고구려의 군사력에 부담을 느껴 밀서 자체를 고구려에 일러바치고 만다.

그로 인해서 고구려 장수왕이 475년 백제 보복 공략에 나서게 된다. 7일 만에 북한산성을 점령해 백제 개로왕을 사로잡아 아차산으로 끌고 가 처형시킨다. 이로 인해 백제는 한성을 잃고 남쪽 웅진(공주)으로 한을 품고 떠나야 하는 역사적 대사건이 벌어지고 만 것이다.

그리고 오래전 일이지만 3세기 중반에 있었던 "기이영 전투와 멸한(滅韓) 사건"에서도 유추해 볼 수 있다. '삼국지 위서 동이전 한전기록'에 남긴 이 사건으로 임진강 아래이면서 한강 하류 어딘가에 무예강국이 있었음을 예지하고 있는데, 필자는 고양벌 달을성 선민들로 보고 있다.

4) 고봉현(高烽縣)+우왕현(遇王縣) 시대

때는 757년, 신라시대다.

그간의 고구려와 백제의 흔적을 지우기 위해 달을성현 지역에 고봉현을 설치해 교하군의 속현이 되게 하고, 개백현(皆伯縣) 지역에는 우왕현(遇王縣)을 설치해 한양군의 속현이 되게 한다.

오래전에 있었던 사건이지만, 신라 진흥왕이 한강유역을 기습적으로 점령함으로써 그간의 삼국체계가 완전히 헝클어지게 되었던 것이다. 신라는, 반도의 중부와 한강 점령으로 인적 물적 자원의 획득은 물론 고구려 백제 간의 중간을 끊고 강력한 군단을 배치하여 중국과 직접 통하는 문호를 얻게 되었다.

이는 군사, 정치, 외교상에서 장차 반도의 주인이 될 수 있는 지리적인 조건을 이미 갖추게 된 것이었다.

그 후 고구려와 백제는 여제동맹으로 맞서 온달 장군을 내세워도 보지만 실패하고 만다. 그 후에도 수 차례에 걸쳐 한강유역을 탈환하기 위한 쟁탈전은 계속되니 삼국통일전쟁은 이미 이때부터로 보아야 한다는 생각도 하게 된다. 끝까지 이 지역을 확보한 나라가 통일주역이 되기에….

다음은 나라 간 로맨스이야기로 옮겨가 보자.

고구려 안장왕과 백제 일산 대갓집 한씨 미녀 간의 로맨스, 이로 인해 삼국사기가 아름다워지고 해상잡록이 부드러워졌다는 그 로맨스가 아직은 구전으로만 들리고 있었다.

그러나 통일신라시대에 오면 안장왕과 한씨 미녀 간의 뜨거운 로맨스가 기록으로 남겨 중요 이슈가 되어 가게 된다. 한씨 미녀 한주가 애인 안장왕을 만나기 위해 높은 산에 올라 봉화를 올렸다는 내용까지 알려지게 되어 고봉산을 중심으로 한 달을성현 지역을 "고봉현(高烽縣)"으로 명명하기에 이른다. 높은 산에 올라 봉화를 올렸다는 의미로 봉 자(烽)에도 불 화 변을 강조했고, 우왕현의 경우도 만날 우 자를 취해 개백현 지대에서 안장왕과 주민들이 만났다 해 '우왕현(遇王縣)'으로 명명했던 것이다. 아마도 당시에는 행주 지역이 바다와 맞닿아 있었던 것으로 보인다. 당시의 마을 이름 파을곶소(巴乙串所)의 '곶(串)'자로 보아 바다와 접하고 있었음을 알 수 있게 한다. 따라서 안장왕 일행은 배를 타고 행주 나루마을에서 상륙했던 것으로 추정해볼 수도 있다.

여기까지 오는 데는 고구려 안장왕과 백제의 무령왕 그리고 성왕 간에 수차례에 걸친 전쟁이 있었다. 이기고 지는 게 문제가 아니라 애인을 만나는 게 목적이 되어 3만 이상이 동원된 사랑전쟁은 수년에 걸쳐 이루어졌던 것이다.

그 무렵에 수청을 요구해 왔던 백제 태수에게는 시를 읊어 거절한다.

"이 몸이 죽고 죽어 일백 번 고쳐 죽어 백골이 진토되고 넋이야 있건 없건 임 향한 일편단심 가실 줄이 있으랴…"로 전해오는 단심가가 이 무렵 한씨 미녀 한주가 지었던 작품이었다는 주장이 나오게 된다. 그리고 "춘향전"의 줄거리로 보아 위의 이야기가 현대 춘향전의 원전일 거라는 주장 또한 등장하게 된다.

5) 고봉현(高烽縣)+덕양현(행주현) 시대

때는 고려시대다(현종, 1018). 최초의 통일 국가를 수립한 왕건은 가장 위대한 정치가였다. 왕건의 정치적 경륜이 아니고서는 불가능한 일이었다. 지방에 흩어져 있는 호족세력의 향배는 삼국통일의 관건이었다. 사정에 밝은 왕건은, 건국 초부터 호족처리를 최우선 정책으로 삼았다. 호족세력은 지방에서 반독립적인 세력을 구축하고 있어서 그들의 효과적인 통제가 관건이었던 것이다.

당시 평양을 중심으로 한 지역은 당의 세력이 밀려간 후 왕권의 공백 상태에 있었는데, 왕건은 이 지역을 왕권을 강화하기 위한 세력기반으로 구축해 갔다. 그리고 평양을 서경으로 고치고 개경에 버금가는 여러 제도를 설치했다.

그간의 우왕현 지역은 양주군 속현인 덕양현(幸州縣, 행주현)으로 하고, "행주"는 임금이 즐겨 나들이하던 행행(行幸)이라는데 의미를 두고 있었다.

그리고 고봉산을 중심으로 한 기존의 고봉현을 역시 양주군 속현 고봉현(高烽縣)으로 명명하게 되는데, 아직도 봉 자에는 불 화 변을 부수로 쓰고 있다. 이는 안장왕과 한주 간의 뜨거운 로맨스를 의미하는 것이리라….

6) 고양(高陽) 시대(고봉현, 高烽縣+덕양현, 德陽縣)

1388년, 위화도 회군으로 정권을 잡은 이성계는 개혁파 신진 사대부들의 협조를 받고, 농민 출신들을 근간으로 한 군사력을 배경으로 새 왕조 건설에 심혈을 기울인다.

그렇지만 자신을 백안시하는 개경 백성들의 눈초리가 마음에 걸려 불안해한다. 우선 개경을 떠나기 위해 도읍을 옮기고자 한다.

태조 일행이 한양을 구경하고 정도전을 다시 한양에 보내어 종묘, 사직, 궁궐, 관아, 시전, 도로를 구획하게 하고 재축한다.

그러나 그간의 무리로 태조가 병석에 눕게 되자 소위 왕자의 난이 벌어진다. 이와 같은 유사한 사건들을 거푸 겪으면서도 차츰 조선조가 안정되어가자 대명외교 관계의 강화로 명에 사절들을 파견하는 일이 잦아진다.

그 사절들의 대부분은 고양지역을 통과해야 하므로 민폐가 심해진다. 당시의 노자를 보면, 국내에서의 여비는 경유지 인근 고을에서 부담하고 국경을 벗어난 경비는 정부 호조에서 담당하게 되어 있었다. 이로 인해 고양지역의 재정적 피해는 엄청나게 커갔다.

그리고 고양지역에는 유민들이 많았던 관계로 향, 소, 부곡(鄕, 所, 部曲)이라는 산업 마을이 특히 많았는데, 고려 이전부터 천민집단이면서도 특수행정구역이었던 향, 소, 부곡이 조선조 중앙행정 조직과 제도가 정착되어 가는 과정(태종 때의 지방조직 개편 차원)에서 공식적으로 군현에 흡수된다. 이로 인해 많은 고양주민의 숙원이 풀리게 된다. 그리고 1394년에는 고봉현에 감무가 설치되고 이어 한양군의 덕양현과 양주군의 고봉현이 합쳐지게 되는데, 서로의 군이 달라 명칭으로 논쟁이 많았다. 결국 한 자씩을 취하되 감무가 설치된 고봉현의 고자를 먼저 붙이기로 한 것이 바로 **고양현**(高陽縣)이 탄생하는 순간이다. 때는 태종 13년, 1413년이다.

7) 한반도의 중심 고양벌(달을성, 達乙省)

한반도의 중심은

고봉산을 품고 있는 고양벌

고봉산은 三國史記의 꽃

삼국사기의 꽃은

안장왕과 한씨 미녀 간의 로맨스

로맨스는 고구려와

백제 간 국운을 건 사랑싸움

사랑싸움은

한반도의 역사가 되었네….

역사의 승자는

고구려의 안장왕도

신라의 진흥왕도

백제의 성왕도 아닌

고구려의 문자왕이었지요.

문자왕은 장수왕의 손자였고
장수왕은 광개토대왕의 아들이었어요.
문자왕이 할아버지들의
위대한 정신과 업적을 기리기 위해
그들의 정복지 고봉산 일산벌에
"달을성(達乙省)"을 건설하기에 이른다.

거기는 한민족 유민들이 모여 숨 쉬는
한반도의 중심이요
그 성현이 오늘의
백만이 살아가는 고양시인 것이다.

이리하여 고양시의 역사가,
'명칭'으로부터는 600년이요.
일산벌 '가와지 유적'으로부터는
5,000여 년이나 되네요.

수메르시대(신석기-청동기)
군장국가시대/臣憤活國(臣憤活韓)?
고구려시대/달을성현(達乙省縣)/문자왕

신라시대/고봉현/교하군속현/757년

고려시대/고봉현/양주군속현/1018년

조선시대/고봉현/양주군속현/1394년 그리고

통합고양현(1413년) 고양시까지….

그래도 통합이전까지 영역의 변화는 없었으므로, 최초의 행정명 기록에 따라 이 지역(고봉산+일산벌)을 "**달을성**(達乙省)"으로 총칭해서 써나가려 한다.

이는 곧 **한민족 불멸의 역사**이리라….

5. 미래 '고양벌'

1) 한민족 통일광역시대의 '평화통일특별시'

중세 유럽 메디치 가문은, 피렌체에 '레오나르도 다빈치'를 초대하고, '미켈란젤로'까지 초대해 최고의 대우를 해준다. 더불어 창의력을 보인 지식인들을 초청해 아낌없는 지원을 하고 그들을 교류하게 함으로써 자연스럽게 르네상스 시대를 태생하게 한다.

2차대전 후 빈약했던 이스라엘도 빠트릴 수가 없다. 보이는 게 사막이고, 돌산들뿐인 척박한 땅에서 먹거리를 찾기란 요원할 뿐이었다. 그러나 그들은 이건 상식일 뿐이다. 그 상식을 초월해야 창조다. 모두가 심기일전해 각성하고 분발하니 사막에서 토마토가 열리고 과일이 열리게 하는 기적을 이루어 농업강국이 된다.

또한 오늘날 한 분야에서 세계시장 점유율 1~3위 중소기업을 1,500여 개나 육성시킨 독일, 그렇게 되기까지엔 독일의 '듀얼 교육시스템'이 있었다. 이 모두가 창조경제였던 것이다.

그리고 우리에겐 한민족의 후예 **달을성현**(고양벌 옛 고봉산+일산지역)이 있었다. 한민족 배달-고조선으로부터 밀려오는 유민들로부터 터득한 선진 기술을 융복합해 농업생산성을 선진화했던 것이다. 따라서 미래 한민족 통일광역시대에는 창조 정신과 근면성 그리고 강인성을 갖춘 고양벌 옛 '**달을성현**'에서 발전적 진로의 모델을 찾아야 한다는 생각이다. 그 **달을성현을 한반도 중심**으로 보고 있다.

그 지역의 역사적 지정학적 특이성을 고려한 미래 지향적 관점에서 볼 때, 한반도의 미래는 역사와 문화에 있다는 생각이다.

현재 고양시에서 구상하고 있는 JDS(장항, 대화, 송포) **및 대곡역세권 개발계획**은 위대한 한민족의 자산이 될 것 같아 박수를 보낸다. 따라서 그 외적인 면에 한해 미래의 **글로벌화 고양벌**을 제안해 보려 한다.

첫째는 K-POP 도시이다. 구체적인 내용은 이미 추진 중에 있으므로 생략한다.

한류 문화 복합테마파크가 되는 '케이컬쳐밸리'가 현재 추진되고 있다.

콘텐츠 파크가 들어서게 되고 2,000석 규모의 공연장도 들어서게 된다고 한다. 콘텐츠 파크에는 한류역사 문화 이외에도 한류 영화와 촬영장면까지 직접 보고 체험할 수 있게 한다니 한국판 유니버설 스튜디오가 들어서는 셈이 될 것 같아 응원을 보낸다.

둘째는 K-Kyun 도시이다. 이는 태권도문화 도시를 의미한다.

세계태권도 동호인은 200여 개국에 걸쳐 1억여 명에 이르고, 유단자 또한 100여만 명에 이른다. 그들 중 상당수는 한사코 종주국을 찾아와 역사와 문화를 배우고, 체험해 보고자 한다. 그러나 아직까지 그들의 관심에 부응해 줄만 한 볼거리가 없는 게 현실이다. 여기에 초점을 맞추어 보자는 제안이다.

예로, 한강 하류 민속놀이인 십이지신불한당몰이놀이+태권도문화접목, 호미걸이+태권도문화접목, 행주대첩+태권도문화접목, 강안 강강술래+태권도문화접목 그리고 치우천황, 을지문덕, 광개토대왕 등 역사적 인물에 스토리텔링해 태권도 아트 퍼포먼스를 창출해 낼 수 있다. 그리고 우리의 첨단 홀로그램 영상기술로 가장 한국적으로 연출된 공연(상연)을 함으로써 K-POP과 함께 공연축제도시로, 유럽에 영국 에든버러라면, 동양에는 코리아 고양으로 인식하게 되어 경제적 파급효과 또한 크리라 사료된다.

물론 무주에는 거대하게 조성된 무주태권도원이 있다. 그러나 거기에서는 경기, 시설 등 하드웨어 위주이기에, 고양시에서는 취약 부분인 소프트웨어 즉 가장 한국적으로 창출한 태권도문화의 공연을 케이팝과 더불어 보여주자는 제안이다. 이는 세계적 규모와 첨단기법으로 마련하고 있는 고품격 콘텐츠 파크 공연장에서 직접보고 체험할 수 있게 함으로써 한국의 이미지를 세계인에 고품격화 시킬 수 있고, 수요자들에 교통, 시간, 경제성까지 도움을 주게 되리라는 생각이다.

셋째는 태실문화 단지 조성이다.

태실문화는 세계의 어느 나라에서도 찾아볼 수 없는 한국에서만의 유일 문화이다. 현재 고양시 서삼릉 내에 54기가 안치되어 있다.

더 자세히는 문정조의 논문 "행주얼 42호(2006년 여름호)"로 대신하고자 한다.

넷째는 신석기 문화거리 조성이다.

먼저 신석기 둘레길과 야외전시장을 조성한다. 야외전시장은 옛 상황을 알 수 있게하고 살아 움직이는 동적인 박물관 개념으로 접근해야 한다. 일산벌 가와지 볍씨, 즐문토기, 뗀석기 등의 유물을 위주로 하되, 상고시대 수메르와 고양벌 간의 유사 관개 농법, 유사 생활문화를 강조해야 하고 더불어 실내전시장과 연계시키는 것도 고려해 보아야 한다.

거리는 주엽역에서 대화역에 이르는 구간이지만, 신석기 둘레길은 확대해 고양벌의 랜드마크 고봉산성과 역사를 같이해 왔던 정발산을 출발점으로 해야 한다는 생각이다.

그렇게 하기 위해서는 그럴만한 당위성이 따라주어야 하는데, 농경역사 5,000년(그 중심에 정발산이 있었음)이라는 인류가 집단체제 생활을 하기 시작한 신석기시대부터 출발해 더욱이 인구 100만이라는 거대도시로까지 발전되어 현존하는 경우는 세계에서도 그 유래가 없는 불멸의 역사이므로 당위성은 충분하다는 생각이다.

따라서 고봉산성과 역사를 같이해 오고 있는 정발산에서 출발해 한지마을 저동, 유민들이 많았던 율악부곡(밤가시), 고구려 옛 성터 '성저공원', 5천 년 전 볍씨가 발굴되었던 볍씨공원(볍씨마을), 수메르시대(BC3000) 이래 관개농업용 수로가 되어왔던 주엽샛강(상주, 하주), 그리고 호수공원에서 케이컬처밸리에 이르는 길을 두어 5,000여 년 전 선조들의 체취를 느껴볼 수 있게 한다. 그리고 고양시의 한류콘텐츠와 전시컨벤션산업을 연계하여 이른바 고양 신한류관광벨트를 이루게 한다.

다섯째는 수메르시대의 관개수로 '주엽샛강' 복원(상주, 하주)**이다.**

5,000여 년 전 수메르시대의 관개농법에는 물을 활용하는 수로의 역할이 큰 비중을 차지하고 있었다. 따라서 당시의 수로는 농토를 이루기 전에 먼저 확보해야 하는 우선하는 큰 작업이었다. 특히 증수기에 물을 확보해 두었다가 건기에 물갈퀴 관개법으로 퍼 올려 농사를 짓는 경우가 많았으므로 수로확보는 무엇보다 우선되는 조건이었다.

그런 의미에서 옛 샛강 '상주, 하주'는 반드시 복원해 보존해야 할 가치가 있다고 생각된다. 따라서 지혜를 모아 방치되어 있는 샛강을 현대공법으로 무공해, 무오염, 피라미들이 유영하는 샛강으로 복원시켜 '5,000년 고양벌' 상고시대의 현존하는 유물이 되게 해야 한다. 이로써 고양벌 상고시대의 당시 상황이 생동감 있게 들려오고 느낄 수 있게 함으로써 상고유적 볼거리의 절정을 이루게 할 필요가 있다.

여섯째는 유네스코에 '창의도시 지정' 신청이다.

유네스코에서는 문화, 음악, 디자인, 공예 등 명품도 시간 네트워크를 활성화할 목적으로 창의 도시를 지정해 오고 있다. 우리는 케이팝 문화를 비롯한 태권도문화, 그리고 신석기 농경문화를 함께한 "한류문화"를 캐릭터로 해 '창의도시 지정'을 신청하면 가능성이 높다는 생각이다. 그 후부터는 세계적인 명품도시의 지위에 올라 자연스럽게 에든버러, 볼로냐, 베를린, 센타페이 등의 도시들과 더불어 글로벌 문화관광 시장의 특혜를 자연스럽게 누릴 수 있으리라 사료된다.

일곱째는 고봉산성 복원이다. 고봉산성 복원은 추후 별도논문으로 대신하려 한다.

2) 한민족 불멸의 '배달해오름'

동쪽 새벽하늘
싱그러운 햇빛으로
붉게 물들이어 동 틔우고
아침 산야
따뜻한 햇살 보내
온유히 깨우고야
해돋이 하네요

이는 백성 사랑이요
한민족 창시이념 홍익이리라….

북한산에서 솟아
수천 년 품은 햇살
백운대 지나

원효봉 의상능선 넘으니
한반도 고양벌에 따스한 햇살 가득하여라

온기 품어 모 기르고
벼잎 키워 튼실히 영글게 하니
가을 마당마다 통큰 노적가리라
풍년가 부르네

동쪽 샛바람
태백고산 넘고 넘어
힘들여 이른 동풍
이웃고
북한산 허리 넘으니
반도 고양벌에 안겨 사푼히 잠드네

그래도 훈훈한 여름비 불러와
논물 채워 벼 성장시키니
가을 마당마다 벼 멍석들 차지라
웃음꽃 환해라

그렇게 이어와 생명 일으키는
밝은 명월에 훈풍 이는 한반도 고양벌,

그 뿌리에는 한민족

배달-고조선 유민이 있었네요.

불멸의 고도 달을성이 있었네요.

인류 최초 문명 '수메르'시대

'일산벌 가와지' 선민들이 있었네요.

일만 여년을 숙성시켜온 한민족,

이제 신한류 문화도시로 새롭게 거듭나려 하네요.

이제 평화통일특별시 이뤄, 홍익정신 구현하려 하네요.

이제 평화통일광역국가로, 한민족에 희망 주려 하네요.

제2부

한민족 대한반도

桓國-수메르·배달-고양벌

1. 대한반도권

자료 수집의 어려움으로 수많은 역경을 겪으면서도 여기까지 오게 되는 데는 필자에게 동력원이 되었던 역사 속의 교훈적 부분이 있었다. 우선은 광개토대왕의 한민족 최초 '**강군통일정책**'이었고, 또 하나는 인류 최초 문명을 발현시켰던 선진 수메르인들이 한민족일 거라는 가설이었다.

사실 391년부터 광개토대왕의 강군은 북쪽의 숙신, 서북쪽의 거란, 서남쪽의 후연지역, 그리고 증조부 고국원왕을 전사시킨(근초고왕) 원한을 갚으려 백제의 한강 하류(고양지역 포함) 또한 점령한다. 더불어 신라의 북성들까지도 점령해 영향권 아래 두었던 게 역사적 사실이다. 이로 인해 한민족의 최초 통일은 광개토대왕 즉위 이후 강군시대라 말하기도 한다.

이때 점령지역 원주민들에게 미치었던 한민족의 문화적 영향은 참으로 깊고 광범위했던 것으로 전해지고 있다. 그로 인해 오늘날까지도 만주지역을 비롯한 흑룡강, 송화강 유역의 마을들에 이르기까지 광의의 지역에서 한국말이 통용되고, 한민족문화를 대대로 이어가게 하는 것을 당연시하고 있는 게 아닌가….

이를 필자는 대한반도권이라 말한다. 이는 한민족 한반도의 미래이다. 오늘의 한반도를 바라보자. 거대한 대륙경제권 중국, 러시아와 거대한 해양경제권 미국, 일본 사이에서 어느 풍랑에도 흔들리게 되어 있는 본태적 체질로서는 특단의 돌파구가 있어야 한다는 생각이다.

그 돌파구로 "**대한반도권**"을 생각해 보게 된다. 유럽에 게르만권, 아시아에 중화권처럼 동북아에도 "**대한반도권**"이라는 인구 수 억의 내수시장과 문화-경제 블로그가 지극히 자연스럽게 이루어진다면, 이는 한민족에 최소한 평화적 문화통일이 됨을 의미하는 것이리라….

이로 인한 활력은 모든 분야에 걸쳐 광범위하게 이르게 되겠지만, 특히 문화, 경제적으로 도약의 계기가 되어 한민족의 선진화에 지름길이 될 수 있으리라. 그리고 또 하나의 **동력원**이 되었던 인류 최초 문명을 이루어낸 선진 '수메르인'이 한민족일 거라는 가설에 대해서는 발굴된 점토판의 해독내용들이 말해 주고 있다.

그 내용들을 참고로 해 당시 동시대의 수메르지역과 한반도 고양 벌 가와지 유적지와의 문화를 비교 조사해 인류 최초 문명을 발현시켰던 선인들이 한민족이었음을 확인하려는 창조적 비전과 염원도 이 책에 담아보려 한다.

1) 한반도는 보물섬이다

자그마한 반도
나약한 반도
불안에 찬 반도
낀 새우 신세 반도

그래 우리의 눈은
더 크게 떠야 했고
더 넓게 봐야 했고
더 멀리 봐야 했다

이제 우리에게는
세계 젊음이 열광하는
케이팝 문화가 있고
아시아가 빠져드는 신한류

드라마와 케이 웹툰이 있다.

그리고 글로벌 무예
태권도 스포츠문화가 있고
억 한민족이 공용하는
한국어가 있고 한글이 있다.

이제 우리나라는
강대국에 낀 새우가 아니라
'한반도는 보물섬'이라는
자존감을 가져도 된다.
지정학적 요충지의 무궁무진한
가능성을 말하는 것이다.

서해경제는
르네상스 시대의 지중해를 능가하고
중국과 일본을 양 날개로 활용해
천 년 이상을 안전하게 날 수 있는
대한반도를 설계해야 할 때가
오고 있는 것이다.

2. 환국-배달-고양벌

1) 한민족의 시원 환국(桓國, 한국)

한민족의 시원은
어디일까?
한반도의 원주민은
어디에서 왔을까?

'단일이주설'이 있고
'다중이주설'이 있다.
그리고 한민족의 시원으로
환국(桓國)의 12연방설이 있다.

7만 년 전쯤, 연이은 기근으로 먹이를 찾아 떠나야 하는 탈아프리카 대재앙의 시기에 아프리카에서 아시아로 건너온 인류는 남부 인도지방에 정착하게 되었다는 가설이 있다. 그 후 후손들이 태국-말레이시아-인도네시아-필리핀 등으로 이동하고, 또 다른 무리는 북쪽 중국으로 이동하게 되는데, 그중 일부가 다시 남하해 한반도로 들어와 정주하게 되었다는 것이다. 이게 '단일이주설'이다.

그러나 기존에는 '아시아 남부와 중앙아시아' 등 다른 경로를 통해 이주가 이루어졌다고 믿었던 '다중이주설'이 있었다. 인류가 아프리카에서 아시아 남부해안으로 건너온 것과 비슷한 시기에 또 다른 인류가 중동-아라비아-페르시아를 거쳐 중앙아시아 쪽으로 유입되었다는 것이다.

단일이주설에 따르면, 아시아 남부 해안에서 여러 갈래로 뻗어나간 사람들은 이동과정에서 토착인들과 혼인해 자손을 낳게 되어 유전자가 다양해졌다고 한다. 그 결과로 오스트로 네시안, 오스트로 아시안, 타이카다이, 후모민 그리고 알타이족, 이렇게 5종족이 생겨나게 되었단다. 이번 연구로 중국을 거쳐 한반도로 들어온 이들 가운데 일부는 일본으로 건너갔다고도 한다.

따라서 아시아인 대부분의 조상은 아시아 남부를 통해 유입되었다는 이른바 '단일이주설'에 의한 것이라는 것이다(아시아 인간게놈 연구회(HUGO)).

그리고 단군 이전의 역사기록으로 "**환단고기**"(임승국 번역, 주해, 정신

세계사)가 있다. 거기에는 단군 이전의 환국시대를 중시하고 있다. 우리나라 역사는 단군이 조선을 건국하기 이전의 환국(桓國)에서 시작하여 환웅의 신시(神市)로 이어진다고 보았기 때문이다. 중국 사서인 "진서(晋書) 숙신열전(肅慎列傳)"에는 환국의 12연방이 소개되어 있는데, 환국을 숙신으로 표현하고 있다. 또한 일연스님도 '삼국유사'에서 석유환국(昔有桓國)이라 하였으니 환국이 있었다는 사실을 인정하는 것이리라….

고조선 이전에 신시가 있었고 환국이 있었다. 환웅의 나라는 신시였고, 환인의 나라 환국은 가장 오랜 나라였다. 그러나 위치에 대해서는 설을 달리하고 있다. 환웅의 배달국은 흑룡강과 백두산 사이 완달산(完達山)이라 하는데, 그 외에도 여러 설이 있다. 그리고 환국은, 인류 최초의 문명국으로, **세계 5대 문명이 모두 환국에서 시작**되고 있다는 가설도 있다. 환(桓)이란 '환히 밝다는 뜻, 한민족의 신교 광명을 의미한다.

"**한국인의 기원**"(이홍규 교수, 서울대 박물관 강의록)에서도 "알타이산맥-바이칼호에 이르는 지역에서 형성된 **원-몽골리안**이 빙하기 이후 남방으로 내려와 남방계의 주민들과 만나 한국인 문화의 원형이 되는 '요하문명'을 만들었다"고 쓰고 있다. 이곳이 알타이의 고향, 즉 우리말의 고향이라는 것이다. 이와 같은 내용을 요약해 보면 첫째, 현생인류가 아프리카에서 기원 하였고, 둘째, 후기 구석기

문화가 시베리아-중앙아시아에서 시작되어 전 세계로 퍼져 나갔고, 셋째, 이것은 현생인류가 마지막 빙하기에 시베리아의 어느 곳에서 현대적인 행동양식을 가진 '호모사피엔스'로 진화했을 것이라는 것, 따라서 한국인, 일본인, 중국 북부인이 가진 유전자들은 거의 같을 것이라는 점이다. 그리고 넷째는 **신석기문화**가 동아시아 북부에서 발달하기 시작해 남진했다고 보는 것이다.

위의 글과는 조금은 달리하고 있는 논문도 있다. 참고로 최근의 연구결과를 요약해 본다.

학계에서는 한동안 20만 년 전 아프리카에서 발생한 현생인류가 6~7만 년 전쯤 아프리카를 떠나 중동을 거쳐 유라시아로 넘어오면서 그곳의 터줏대감 격이었던 '**네안데르탈인**'을 멸종시켰다고 생각했다.

그리고 현생인류와 네안데르탈인 간에는 짝짓기가 불가능해 같은 종이 아니라고까지 여겼다. 하지만 이런 가설은 2010년 네안데르탈인의 게놈지도가 완성돼 현생인류 유전자의 1~4%는 '네안데르탈인'으로부터 물려받았음이 밝혀지면서 무너졌다.

그리고 최근의 논문으로는 독일 '**막스플랑크연구소**' 진화인류연구팀의 논문을 들 수 있는데, 10만 년 전쯤 유럽에서 아시아로 이동한 네안데르탈인 무리와 아프리카에서 아시아로 이동한 현생 인류 간에 짝짓기가 가능해 **조상여성**이 태어났다는 결론을 내리고 있다. 근거로 시베리아 남부 알타이산맥 동굴에서 출토된 여성 네안데르탈인의 엄지 손가락뼈 유전자 분석을 통해 이 같은 결론을 내렸다고 과학전문지 『네이처』에서 밝히고 있다(『네이처』, 2016.2.17.).

2) 한민족의 처음 나라 배달

환국의 12연방 중 한 지파가 남동진해
환국의 정통성을 지켜온 환웅의 나라를
한민족 배달국으로 보고 있다.

그 한민족에게는
인류사에서도 유래가 드문 이른 시기에
'출중동'이라는 이동의 역사가 있었다.

중국 산동성에서의 무씨 가문 사당
그곳에서
'무씨사화상석(武氏祠畵像石)'이 발견된다.
그리고 거기에는
한민족 시원에 중요한
"환웅이동도"가 새기어져 있었던 것이다.

중원의 동북지역 산동성-하남성-양자강 이남에는 동이문명지대가 광활하게 펼쳐져 있었는데, 그 세력이 확대되어 '동이나라'까지 세워지게 된다. 바로 중국의 '은나라'이다. 그러나 오래가지 않아 주나라에 망해 식민지화 되면서부터 박해를 받기 시작한다. 한나라에 이르기까지 오랫동안 고통을 겪으면서 아픔 속에 새겨둔 그림이 '무씨사화상석'인 것이다.

여기에서 우리에게 중요한 것은 배달의 환웅이동도가 그려져 있다는 점이다. 이는 인류사에서도 보기 드문 매우 이른 시기에 출중동이 있었음을 알려주고 있고, 이어 배달국을 세우게 되었음을 확인시켜주는 중요 내용이기 때문이다. 그 외에도 배달족의 이동에 관한 고증은 더 있다. 러시아의 시로코고로프(Shirokogorov) 교수의 저서 "북방 퉁구스의 사회조직에서 동방의 배달족은 바이칼호 주변에서 발생한 고아시아족의 한 지파(환국연방의 한 지파)가 동남쪽으로 이동해가 형성되었다"고 쓰고 있다. 그리고 중국의 능순성(凌純聲) 교수를 비롯한 학자들도 고아시아족의 동남 이동설을 뒷받침해 주고 있다.

그와 같은 '고아시아족 이동' 학설의 근거 유적으로는 시베리아의 시르카(Shilka)동굴을 들 수 있다. 이 동굴은 1952년 소련 당시 러시아 역사학자 오끄라드 니코프(A.P.oklad nikov) 박사가 주민의 신고로 최초 발굴하게 된다. 그중에서도 "인간 두개골과 깨진 즐문토기"는 그 특이함 때문에 모두를 놀라게 했다. 두개골은 예상과는 달리 배달족의 시원 '고아시아족'이라는 판독이었다. 이로써 배달족의 뿌리는 바이칼호 주변의 고 아시아족이었음이 확인되는 순간을 맞게 된 것이다.

그리고 깨진 즐문토기에서도 특이함을 찾게 되는데, 그 즐문토기에는 바이칼호-중국-몽고-한반도-일본이라는 흐름으로 연결되는 동북아시아에서만 볼 수 있는 독특함이 있었던 것이다. 여기에서 더 나아가 즐문토기의 구연부분과 빗살무늬형태가 한반도의 서해안의 것과 동일하다는 사실에 우리는 더 놀라게 된다. 물론 일산벌 대화리에서 발굴된 즐문토기와도 유사하다는 점이다. 그러나 아직은 시르카동굴의 편년에는 일치된 견해가 아니다. 따라서 이 부분에는 앞으로의 연구가 더 지속되어야 하겠지만, 즐문토기가 유사하다는 결과에 대해서는 관심을 가지고 보다 더 확대된 개념으로 접근해야 하리라 생각된다. 이는 한강 하류지역에서 자생적으로 발전해온 것으로 보고 있는 이곳의 빗살무늬토기와의 관계성을 밝혀야 할 필요가 있기 때문이다.

배달국의 영토는 만주를 위시해서 중국의 하북성-하남성-산동성-강소성-안휘성-절강성지역을 포함하는 대제국이었다. 그 배달국이 18명의 환웅에 의해 1565년간 지속함으로써 한민족의 시원인 환국의 정통을 계승하여 세운 최초의 나라가 된다. 또한 중요한 것은 배달국의 건국은 중국민족과 우리 한민족의 역사가 나뉘는 분기점이라는 점이다.

무씨사화상석, 환웅이동도(출처: 일보전진 격동의 역사)

3) 고양벌의 선민은 한민족 유민들

환국-한반도에서는 곰 토템이 고대국가의 건국신화로 구전되어 오고 있었다. 인류 문명이 석기에서 청동기로 전환하는 시기에 국가가 출현하게 되는데, 그 국가는 인간과 호환적 존재로 신성시되던 '곰 토템'의 붕괴와 함께 이루어져 왔다.

우리
한민족에게도 믿음이 있었다.
환인-환웅-단군, 삼신 사상이다.
거기에는
환웅천왕이 등장한다.
그가 바람, 비, 구름을 부르고,
곡식 수명 질병 선악까지도 주관한다고 믿었다.

그러나 환국의 말기에 이르자 혼란기를 틈타 다루기 힘든 강족이 생기게 되는데, 호(虎)족과 웅(熊)족이었나 보다. 하루는 신의 계율을 지켜 바른 사람이 되겠다며 신단수에 와 간절히 소망한다. 환웅께서 이를 듣고 교화할 수 있겠다는 생각에 기도의 과제를 주고 기다린다. 웅족은 배고프고 추운 것을 견디고 새사람이 되었는데, 호족은 게을러 금기를 제대로 실행하지 못해 마을에서 쫓겨나고 만다.

그리하여 웅족은 바른 여자로 화신했으나, 호족이 바른 남자가 못되어 쫓겨났으니, 임신에 문제라…. 매일 신단수 아래에서 서성인다. 사정을 안 환웅천왕이 변장해 혼인해 잉태하니 그 아이가 단군왕검이라…. 그가 창건하니 나라 단군조선이 되었다 한다. 이는 구전되어 오고 있는 신화 중 일부분이다. 그 후손들이 신석기 때 남쪽으로 이동해 오게 되었으리라 는 가설이 있다. 그러나 간과할 수 없는 또 다른 기록 사마천 사기가 있다.

중국 진나라 멸망 후 서쪽의 초나라 항우와 동쪽의 한나라 유방과의 5년에 걸친 초한전쟁의 패권은 유방이 쥔다. 그는 당시의 위세만 믿고 동이족의 서한(西漢)을 침입하다가 포위되는 등 수모를 겪는다. 기가 꺾인 유방은 불공정한 내용을 알면서도 흉노(동이족)의 속국에 준하는 화친을 맺기에 이른다.

한나라가 흉노로부터 다시 독립하기 시작한 것은 한무제가 등장하면서부터다(BC 141). 동이족으로 보는 흉노와 한족 간의 전쟁은 무려 120년간이나 지속된다. 그리고 고조선의 몰락과도 때를 같이한다. 전쟁에 패한 동이족은 대이동이 시작된다. 그 일부는 서부 유럽으로도 이동해갔지만 많은 수는 산동반도-만주-한반도에 이르게 된다(사마천 사기, 열전-고조선 멸망사).

마침 한반도 임진강 여울 '호로고루'(연천군)에는 장마기가 아니면 배 없이도 건널 수 있는 유일한 수로가 있었다. 그 여울 '호로고루'를 통해서 그들은 남으로 임진강을 건너 한강을 건너기 전 일산벌에 정주해 토착민들과 만나게 된다.

원주민보다 더 많아진 강안 일산벌 지역은 인구 폭증으로 혼란에 빠져든다. 그러나 유민들은 선진문명(청동기문화)을 터득했던 선민들이라 선진농법으로 농사부터 짓기 시작해 식량문제를 먼저 해결시켜 나간다. 배부르니 사회도 안정되어간다.

이로써 환인이 러시아 남부-중앙아시아에서 최초의 나라 환국(桓國)을 세운 이래(BC 7199~BC 3898)-한민족배달나라(BC 3898~BC 2333)-고조선(BC2 333~BC 108)으로 이어오다가 한무제에 패해 발생된 유민들이 임진강 아래 고양지역으로 흘러들게 됨으로써 일산벌 토착민들과 합류하게 되고, 그들에 의한 선진문화유입으로 동북아에서 농업 생산성이 높은 도시로 발전해 가게 되었던 것으로 보고 있다.

3. 수메르-고양벌

1) 인류의 최초 문명 '수메르'

19세기만 해도 고대에 수메르인이 존재했다는 사실 자체를 아무도 몰랐다. 메소포타미아문명을 아시리아와 바빌로니아 것으로만 알고 있었던 것이다. 수메르인이 알려진 건 20세기에 들어와서인데 놀라움 그 자체였다. 서양문화의 근원지 그리스문화, 그 시조로 보았기에 놀람이 더 컸던 것 같다.

수메르인들에 의한 최초의 것들을 보면, 글자-학교-문학-신학-수학-천문학-신전건축-프레스코-모자이크-벽화-계획도시-고층건물-화폐-음악과 악기-야금술-바퀴-의학-조각-보석-왕조-법률-사원-달력 등 무려 100여 가지나 된다. 그중에서도 가장 중요한 것은 '문자'였다.

수메르인들은 신전을 지어 제사 지내는 행위를 중요시했다. 제사는 당해 거둔 곡식-가축-노예 등을 제물로 바쳤는데, 그 제물의 품목을 그림으로 기록했었다. 이런 초보적인 문자가 곧 상형문자가 되어 그림문자가 개념을 표기하고 발음을 가지게 되면서 단어문자로 발전한 것이다.

신전건축이 과학기술을 발전시켰고, 제련기술이 용광로를 발명하고 제련금속을 만들었다. 청동(구리+주석)은 녹는 온도가 낮아 녹이기가 쉬웠고 구리에 비해 더 단단해서 도구를 만드는 데 유용했었다. 이와 같은 청동기가 수메르의 도시화를 촉진했고 본격적인 인류 문명의 시작을 알렸던 것이다.

당시 우르크는 인구 45,000명으로 큰 도시국가였었다. 도시에서는 정치-경제-군사-생활 등이 모두 신전을 중심으로 이루어지는 신전 공동체 국가였다. 또한 수메르 사회는 모든 일에 계약문서를 만들었는데, 도장을 찍어 보관하기 위해 우리와 익숙한 원통 도장을 사용했던 흔적도 보인다. 그리고 모자이크로 장식된 하프에는 암소의 머리가 장식되어 있다. 최고신의 이름은 안(An) 또는 아누(Annu)라 불렸다. "An"의 상징은 수메르, 곧 '소'였던 것이다(수메르 문명, 홍익희, Pubple).

이로써 수메르시대를 인류 최초 문명시대라 말하는데 주저함이 없게 된다. 그러나 그 시대의 주체가 될 가능성이 높아진 한민족 한반도에서는 무관심으로 일관되어 이에 관한 수집된 자료나 전문가조차도 없는 게 현실이다. 그러나 독일을 비롯한 유럽지역은 다르다.

그들의 주식인 빵, 그 빵의 원료인 밀의 시원을 수메르로 보고 있고 밀 농사를 정착시켰던 조상들의 선인문화를 수메르로 보고 있다. 그래, 그들은 인류사에서 가장 위대한 문화 수메르를 시원으로 말하곤 한다.

그러나 일부 역사학자들은 유럽에는 상고사가 없다고 말하기도 한다. 옛 로마인들조차도 그나마 자기들은 고대사가 있었는데, 게르만인들에게는 그마저 없었으니 야만인이라고 멸시해 왔다는 기록도 보인다. 그러나 근대 이후로는 게르만계에서 고고학자들이 많이 배출됨을 볼 수 있다. 그 대표적인 역사가로 랑케(Ranke, 1795~1886)를 들 수 있다. 그의 해박한 고고학적 지식을 바탕으로 해 쓰여진 '세계사'는 역사학에 입문하는 학생들에게 훌륭한 입문서가 되고 있어 오늘날까지 찬사를 받아오고 있다.

그의 역사관으로는 로마제국 자체를 커다란 호수로 보았다. 그 이전의 고대사의 흐름은 큰 역사의 강이 되어 모두 로마호수로 흘러들었고 이윽고 여기에서 다시 새로운 흐름이 되어 후세에 전해졌다고 보았다.

근거로는 수메르문화를 들고 있다. BC 4000~BC 2000 사이에 인류 최초 문명을 일으킨 '수메르'가 BC 2004년 무렵에 와서 갑자기 사라지게 된다. 수메르의 마지막 왕이 최후에 서방의 셈족과 동방의 엘람 침입자들에 의해 숲속으로 끌려간 후 종적을 감추고 만 것이다.

그렇게 '수메르' 나라는 사라져 오랫동안 잊혀진 역사가 되어 오다가 19세기 말에 와서야 점토판이 발굴되어 그 실체가 조금씩 나타나기 시작한다. 그 점토판들의 해독으로 옛 수메르 자리에 대신 바빌로니아 왕국이 들어서게 되었음도 알게 된다. 그로 인해 수많은 지식인은 다투어 고대 이야기를 창출해 내게 된다. 사실 바빌로니아는 선진 수메르문명을 그대로 이어받게 되어 물자가 풍부한 부국이었다. 그렇지만 풍족하게 살아가던 그들도 영원할 수 없어 앗시리아 제국에 무너지게 되고, 그 후에도 세력의 변화에 따라 지배를 달리하며 페르시아제국에 이른다. 그리고 등장하는 강력한 알렉산더 대왕에게 페르시아 제국마저 허물어진다.

이와 같은 국력에 따른 변천 과정에서 원래의 수메르문화에 점령국마다의 문화가 더해지게 된다. 마지막으로 그리스문화까지 더해져 소위 헬레니즘이라는 문화군이 되어, 이전까지의 역사, 문화가 로마제국 대호수로 흘러들어가게 되었다는 것이다.

그간 점령국에 따라 다양하게 융합된 수메르문화에 이윽고 최강의 제국 로마적 문화까지 더해져 로마라는 대호수에서 융합되어 숙성하게 된다. 숙성기간은 4세기까지 이어간다. 그러나 4세기 말에 이르면 게르만족 대이동이 일어나게 된다.

동부 동고트족으로부터 시작되어 서부의 서게르만족 그리고 중부 부르군드, 롬바르드, 수에비 등 대부분의 게르만족들이 일어나 군사적으로 강하고 잘산다는 로마를 향해 대이동이 벌어져 로마제국 자체를 뿌리채 뒤흔들어 놓게 된다. 로마호수의 거세진 풍랑은 이윽고 그간 높고 거대하게만 여겨왔던 알프스라는 뚝을 넘어 전유럽으로 선진 '수메르문화'가 퍼져가게 되었다는 것이다. 그로 인해 일원화된 유럽문화는 이때부터라 말하고 있다.

그들은 말한다.
수메르문화는 위대하다.
인류 최초 문명은 '수메르'다.
그 문명의 주인은 수메르인이다.

수메르인은 검은 머리 동방인이다.
그들은 원통 도장-60진법-씨름-순장문화-마늘
그리고 청회색 토기를 사용했고,
그들이 사용했던 수메르어는 한국어와

같은 교착어에 속한다고….

이제 그 위대한 수메르문화를
검은 머리 동방인이 살고 있는
한반도 고양벌에서 찾아보려 한다.

2) 수메르는 고양벌 문화

오천여 년 전, 티그리스·유프라데스 두 강 사이 하류 지방 '수메르국', 그 수메르인들은 이미 파종량의 80배에 이르는 수확량을 올려 기록으로 남겼던 선진 민족이었다. 더구나 흙을 재료로 해 집을 짓고 토기를 사용했으며 이미 글이 있어 점토판에 설형문자까지도 남겼던 민족이었다(점토판).

또한 그들은 물을 활용할 줄 알았다. 두 강이 날라다 주는 충적층의 토양이 관개농업을 수월하게 했고, 물이 교통과 수송의 주된 수단이 되었다. 그리고 밀·보리농사까지도 수로를 이용한 관개농업으로 작열하는 태양 아래서도 생산성을 높였던 것이다.

수메르농업의 비밀은 **'농사력**(農事歷)'으로 불리는 점토판을 통해서 알려지게 되는데, 다음 대 자식에게 가르치는 내용이다.

"증수기엔 우선 수문을 열어 물을 댄다.

잡초를 짓밟아 뭉개고

경기에 소를 들여보내 평탄작업을 하고

두 종류의 쟁기로 경기를 파헤친다.

그리고 파종작업은

쟁기질과 동시에 한다."(점토판)

파종을 쟁기질과 동시에 함으로써, 씨앗을 필요한 만큼만 줄뿌리기를 하게 되고, 작열하는 태양 아래에서도 습기 보존으로 발아율이 높아지고, 성장 또한 촉진되어 수확량이 높아졌던 것이다.

이와 같은 **조파법**(줄뿌리기)은 이미 한반도 고양 일산벌에서도 실시되고 있었던 것으로 보여진다. 근거로는 일산벌 가와지 유적지에서 발굴된 5,000여 년 전 씨앗들의 분포상황을 들 수 있다. 지하 1~3m 토탄층의 회색 뻘 층에서 발견된 씨앗들의 분포상황이 당시 줄뿌리기했음을 유추하게 한다. 그리고 당시 일산벌에서 벼농사의 주적은 잡풀이었고 제거하려 2~3회의 논매기를 고달프게 해야 수확을 바라볼 수 있었다(민속 호미걸이). 수메르에서의 주 재배는 밀·보리였다. 그런데도 잡초제거와 작열하는 태양 아래 성장을 도우려 보리재배에도 이미 익숙해진 관개농법을 활용했던 기록이 보인다.

또 하나, 양 지역은 모두 큰 강 하류로 물의 범람이 심했고 자연의 배려에 따라 풍흉이 갈리게 되므로, 자연의 위력에 의지하려 도당굿과 같은 의식과 행위가 생활 속에 묻어 있는 것도 비슷하다. 예로, 수메르의 길가메시가 태양신 '우투'에 호소하는 시,

"우투여!
당신에게 말하고 싶다.
나의 신이여!

태양은 이
지상에 밝게 빛나고 있다
그러나
내게는 암흑이다…."(점토판)

같은 신에게 매달리려는 생활상이 여러 곳에서 확인되고 있다.

일산벌에서도 한강을 따라 **흰돌제, 풍어제, 도당굿** 등 다양한 자연신에 대한 제의가 있어 왔다.

또한 내세관도 비슷해 보인다. 수메르인들은 영혼이 있어 사람에게 위해를 가할 수도 있다고 생각해 '반인반수의 괴력' 같은 설화를 남기고 있는데, 일산벌 대화마을에서도 용이 못된 이무기를

위로하기 위해 생닭을 잡아 주는 '용구재 이무기제'를 매년 지내오고 있다.

또한 일산 주엽동 농가의 생활상과 비슷한 기록도 보인다. "書記學 점토판"에서다. 이는 서기학을 공부하던 학생이 학교에서 돌아온 이후부터의 생활을 작문해 놓은 점토판 글이다.

"목이 마릅니다/물을 주세요
배가 고픕니다/빵을 주세요
발을 씻어 주세요
침대를 내주세요/나는 잡니다
아침에 깨워 주세요
어머니 앞으로 가/도시락 주세요.
학교에 갑니다."

놀라울 정도로 일산지역 학생들 그리고 옛 서당 학동들의 생활과 대화가 비슷하게 이어가는 것을 볼 수 있다. 또한 **60진법**을 사용했었다.

사실은 수메르인이 인류에게 60진법을 가르친 민족이었다. 그 영향은 오늘날의 시계에 남아 있어 **'시간-분-초'**의 계산에서도 볼 수 있다. 또한 고양벌 주민들은 **60진법**인 **'60갑자를 생활 지식**

코드'로 여기며 농경생활에서 유용하게 활용해오고 있었다. 그리고 도덕주의를 중시했던 임금, 스승, 아버지를 똑같이 받드는 문화의식은 서양의 도덕, 윤리의식에서는 찾아볼 수 없는 사상이었다. 이것은 우리의 삼신문화에 뿌리를 둔 군사부일체에서 비롯된 것이다.

그 외 식생활에서도 유사점이 발견되고 있다. 기름 나무라며 참깨를 심어 얻은 참기름을 식재용으로 활용했고, 마늘을 즐겨 먹었고, 과일로는 배-사과-포도-무화과 그리고 소-양-돼지-염소를 가축으로 활용했던 기록도 보인다.

또한 수메르 사회는 모든 일에 계약문서를 만들 때 도장을 찍어 보관하기 위해 우리에게 익숙한 원통 도장을 사용했던 흔적도 보인다. 천문학에서의 일식, 월식과 같은 대기권 속에서 일어나는 여러 변화를 국가나 개인의 길흉에 의미를 두었음도 확인되고 있다.

그 외에도 **빗살무늬토기**가 가와지 유적지를 비롯해 곡릉천변과 일산벌, 한반도 중부 서해안 여러 곳에서 발견되고 있는데, 이는 한민족 이동기의 흔적을 가늠해 볼 수 있는 척도로 활용될 수도 있다. 수메르가 번영했던 티그리스·유프라데스 유역(이라크) 지역은 물론이고, 시베리아-바이칼호 지역에 이르는 곳에까지 유사 즐문토기들이 널리 분포되어 있는 것으로 보아 한민족의 이동에 따른 동일문화의 흐름이었을 가능성도 연구해볼 필요가 있다는 생각이다.

이처럼 서로 다른 두 지역이었는데도, 물을 이용한 같은 "관개농법"이 응용되었고, 자연신에 대한 숭배문화와 교육문화 그리고 생활양식이 비슷했다는 점은 원류가 동일지역 같은 민족이었을 가능성을 높게 판단될 근거라 할 수 있다.

① 유사유물: 즐문토기

한반도의 신석기시대를 고고학에 따르면 BC 5,000년경으로 보고 있다. 당시 한반도는 빙하기가 물러간 지 오래되어 간빙기가 정착되어 식물도 침엽수에서 상록활엽수로 바뀌어 숲이 우거져 있었다. 이와 같은 자연환경에 적응하며 살아가고 있던 주민들을 필자는 고아시아족(환국연방의 한 지파)으로 보고 있다.

구석기시대의 원주민이 계속 거주했는지는 확신을 가지지 못하고 있다. 따라서 신석기시대 고아시아족 일부가 옮겨와 살아가고 있었던 것으로 추정되는데, 그들의 대표적인 유물이 바로 '즐문토기'이다.

그러나 학자에 따라 당시의 즐문토기가 북부 독일지역에서 동진해온 시베리아 토기의 영향을 받았다는 주장과 한반도 강안에서의 즐문토기는 자생적으로 만들어 사용했다는 주장으로 양분되고 있다. 필자의 경우는 후자에 동의하고 있다.

근거로 북부 독일지역에서 우랄산맥을 넘어 시베리아 동부로 이동하려면 예니세이 강을 반드시 건너야 하는데, 그 강안에서 발견된 즐문토기의 측정 연대가 한반도 강안 즐문토기의 연대 BC 4000~BC 3000보다 1000여 년이나 늦은 BC 3000~BC 2000으로 나와 양자 간의 연속성을 인정할 수 없다는 데 있다. 그 외에도 이 시기에 유행했던 묘제 적석총과 석관묘의 출현도 1,000년 이상의 차이가 있다는 점이다. 그리고 태토, 외양, 제작방법이 서로 달라 한반도 강안 즐문토기는 자생적으로 발전해 왔다고 보는 것이다.

한반도에서 즐문토기가 발견되는 지역은 주로 강의 하구나 그 주변으로 보고 있다. 고양벌에서 발견된 즐문토기도 한강하류 강안 대화리에서 발견되었다. 그 모형은 전형적인 한반도 중부 서해안 지역에서 자생된 팽이 모형을 하고 있다.

이 무렵의 사회상은 즐문토기가 다량 발굴된 한강유역 암사동 신석기시대의 유적에서 볼 수 있다. 주거 형태를 들여다보면 잠자리는 모래땅 바닥을 1m가량 파서 만든 움집이며 바닥 평면은 원형이거나 모나지 않은 사각형 모양을 하고 있다. 이들 움집의 중앙에는 불을 피웠던 화로의 흔적이 남아 있다.

한반도 신석기시대
강안주민들
난방으로 불을 활용한다
우연히 점토가 구워진다

단단해진다
물이 새지 않는다
불을 붙이니 물이 끓는다
우연한 새로움
이렇게 토기가 발명된다
토기에 모양 내려
좌우로 빗질하니
즐문토기라

풀들을 끓이니 야채가 되고
열매를 끓이니 밥이 되어
식량이 된다
먹이 유랑도 끝이다

이렇게 정주해
소망하던 마을이 이루어 진다.

이와 같은 발명은 신석기시대에 최고의 유물이었고 인류 삶의 형태를 월장시켜 만물의 영장으로 부르게 되는 계기가 된다. 이와 같은 현상은 한반도 강안을 중심으로 번져 전 지역으로 확대되고 한민족 대이동기에도 즐문토기의 기술이 전파되어 바이칼호 주변에서 발견되고 있는 게 아닌지 생각해 보게 된다(물론 시베리아의 영향, 반대의 견해도 있다). 수메르가 있던 메소포타미아 지역에서도 발견되고 있다. 이 지역에서 발견된 즐문 토기는 현재 이라크 바그다드 박물관에 소장되어 있고, 바이칼호 주변 시르카(shilka)동굴에서 발굴된 즐문토기는 시베리아 치타박물관에 보관되어 있다. 그리고 한반도 동시대의 빗살무늬토기는 고양별 대화리 유적지에서 파편으로 발굴되어 볍씨박물관에 관련 자료를 비치해 두고 있다. 이로써 기초가 되는 자료는 찾아지게 되었으나 개인이 미새한 부분까지 조사하기 위해 직접 현장을 찾아가 접근하는 데는 외교적, 경제적, 시공간적으로 어려움이 많아 필자의 기술은 여기까지로 하고, 직접 찾아가 확인하는 과정과 시르카 유적에 대한 미확인 편년 그리고 바이칼호 주변의 선인들과 이동해 온 배달민족 간의 구체적인 문화 동질성 연구는 앞으로의 과제로 남기려 한다.

단, 그간에 수집된 참고자료를 기술하자면, 한반도에 산재하고 있는 빗살무늬토기를 살펴보았을 때, 서해안과 남해안 지역에서는 첨저 빗살무늬토기가 주류를 이루고, 동해안 지역에서는 평저형 빗살무늬토기가 대세를 이룬다. 그 외 서북지역에서는 납작 밑 토기, 중서부지역에서는 뾰족 밑 빗살무늬토기, 그리고 남부지역에서는 밑이 뾰족하거나 둥근 모습을 한 빗살무늬토기로 특징지어짐을 볼 수 있다.

토기의 제작과정을 추적해 보면, 주로 석영이나 운모가 섞인 사질 점토를 바탕흙으로 제작하였다. 지역에 따라 조개 가루, 석면, 활석, 장석들을 보강제로 사용하기도 했다. 성형은 서리 기법이나 테쌓기법으로 이루었고, 표면은 도구를 사용해 편편하게 고르고, 문양을 장식하였다.

표면 문양은 아가리-몸통-바닥으로 구분해 각기 다른 무늬가 이루어지는데, 아가리 부분에는 빗살과 같은 도구를 이용해 점열문이나 짧은 빗금이 새겨지고, 몸통 부분에는 생선뼈무늬 같이 사선 무늬가 새겨지며, 뾰족한 바닥에는 밑을 향하여 짧은 빗금이 방사선으로 새겨져 있다.

그러나 시대의 흐름에 따라 토기 모양이 바닥과 몸통 순으로 생략되기 시작하여 신석기 후기에 오면 아가리만 무늬를 새기게 되는 등 단순화되고 퇴화된 형태가 많아진다. 흐름이 이어져 BC 3000년대에 이르면 민무늬토기가 출현하게 된다. 이와 같은 내용이 양 지역 즐문토기를 비교 조사하는 데 도움이 되어 필자가 미처 완성하지 못한 세밀한 부분에서의 유사성까지도 앞으로 찾아 내었으면 한다.

서울 암사동 빗살무늬토기기

② 유사농법 : 관개농법, 조파법, 물갈퀴 관개법

유사 관개농법

유사 조파법

유사 물갈퀴 관개법

수메르농업의 비밀은

'농사력'으로 불리는 점토판의 기록에서다.

"증수기엔

우선 수문을 열어 물을 댄다

잡초를 짓밟아 뭉개고

경기에 소를 들여보내 평탄작업을 한다

그리고 두 종류의 쟁기로 경기를 파헤친다

파종작업은

쟁기질과 동시에 한다."(점토판)

파종을 쟁기질과 동시에 함으로써 씨앗을 필요한 만큼만 줄뿌리기를 하게 되고, 작열하는 태양 아래에서도 습기 보존으로 발아율이 높아지고 성장 또한 촉진되어 수확량이 높아졌던 것이다.

이라크의 쿠르디스탄 지방, 티그리스 강의 한 지류에 임한 언덕 위에서 **BC 7000년대의 농촌**이 발굴되었다. 이는 가장 오래된 농촌 유적인데, 신석기시대의 무토기문화로 보고 있다.

보리-밀-콩 등을 재배하고, 양-산양-소-돼지가 이미 가축으로 사육되고 있었다는 게 확인되었다. 한반도 고양벌 가와지 유적지 대화리에서도 개, 소를 사육하며 농사를 짓던 촌락이 발굴되었다. 그러나 연대측정은 아직 되어 있지 않아 단순 비교하기는 어렵지만 이곳에서도 쟁기를 활용하고 있었음에는 이이가 없어 보인다.

그리고 다듬어진 돌과 그 돌을 문지르던 대석도 발견되었다. 이로써 알곡식을 가루로 만들어 먹었을 거라는 추정도 할 수 있게 되고, 돌로 만들어진 돌낫은, 아마도 보리 수확 시 도구가 되었을 것이다. 마지막으로 돌괭이는 관개용 수로를 만드는 데 사용되고, 보리 갈이에도 유용하게 사용되었을 것이다. 이와 같은 농경문화가 다소 높은 언덕 위 경작지에서 이루어졌는데, 차츰 티그리스·유프라테스 충적평야로 내려와 광활해진 밭을 가는데 괭이로는 어려움을 느껴 고심 끝에 창조해낸 것이 보습 달린 '쟁기'였으리라….

우선은 돌을 갈아 만든 돌보습을 괭이 대신 세워 앞에서 사람들이 끌어당기는 방법으로 이랑을 만들어 갔을 것이고, 골에 보리 씨를 뿌려 괭이로 적절히 덮어나가는 식으로의 농사를 지었을 것이다. 그래도 힘들고 불편하기에 발전적 개선을 거듭해가면서 보습이 예리해지고 사람 대신 소로 교체되어 쟁기농법이 완성되었으리라 생각된다.

철기시대에 오면 우선적으로 철 보습에 관심을 가지게 된다. 이미 쟁기농법의 효율을 알게 되었으므로 발전을 거듭해 가게 된다.

그래도 쟁기의 기본적인 형태는 유지해 가면서 쟁기의 핵심이 되는 보습만 발전해 갔던 것으로 보인다. 이는 고대 이집트 귀족의 분묘 부장품인 파피루스에 그려진 그림에서 여실히 확인되고 있다 (1권 p187).

수메르인들이 정주했던 지역은 넓은 오리엔트 중에서도 아주 특이한 자연조건을 가지고 있었다. 당시 티그리스·유프라테스 두 강은 오늘날처럼 하류에서 합류하지 않고 따로따로 페르시아만으로 흘러들고 있었다. 두 강이 날라다 주는 기름진 충적층의 토양이 관개농업을 수월하게 해 주었던 것이다. 이런 환경도 한강 하류 강물의 범람으로 충적토를 이루고 있는 일산벌과 유사하다. 거기에는 옥토가 있고 영양분이 많은 흙탕물이 있었다. 그러나 비가 거의 없는 건계를 걱정해야 했다. 이를 극복하기 위해 증수기엔 경지 입구를 도톰하게 높여 물을 가둘 수 있게 해서 이웃 경지에도 물갈퀴 관개법으로 퍼 올렸던 것으로 보인다. 이와 같은 물갈퀴 관개법 역시 일산벌에서 근대에 이르기까지 활용해 왔던 유사 관개법이다(가와지볍씨박물관).

③ 유사생활상

검은 머리

순장문화

씨름

결혼문화

원통 도장

60진법

마늘, 참깨 식음문화

수메르어와 한국어는

같은 교착어

1,500여 년 전 가야 고분 속에서 소녀 유골이 발견되었다. 최근에 와서는 원래의 모습으로 복원될 수도 있었다. 순장은 고대사회에서 왕이나 신분이 높은 권력자가 죽었을 때 생전에 그가 거느리던 사람이나 동물을 함께 묻는 행위를 말한다.

사람을 죽여서 묻는 게 일반적이었지만 때로는 산 채로 매장했고, 스스로 따라 죽는 자진도 있었다. 이와 같은 순장풍습은 이집트, 중앙아메리카 마야 그리고 수메르 문명사회에서의 기록도 발견되고 있다. 수메르 우르에서 발견된 여왕의 시체 옆에는 시녀 28명의 유골이 발견되었다. 왕이 죽을 때 신하-시종-노예들을 함께 묻는 순장풍습에 따랐던 것 같다.

그리고 수메르 사회에서는 질서문화로 모든 일에 계약문서를 만들어 도장을 찍어 거래를 보장하게 했는데, 혼인 문서에도 도장을 찍어 보관하게 했다. 도장은 오늘날까지 우리에게 익숙해 오고 있는 원통 도장이다.

수메르시대에 사용했던 도구 중 채색 도기의 사용 흔적도 보인다. 진흙이 뜨거운 불에 구워지니 단단한 벽돌이 됨을 알게 됨으로써 점차 불의 온도를 관리하는 기술이 발전되어 채색토기까지 만들어 내게 된다.

우르크는 BC 3500~3100년에 걸쳐 채색토기를 비롯하여 다양한 토기문화를 발전시켜간다. 청회색토기는 중국 신석기시대 후기문화로 BC 4000~2600년경 룽산문화(龍山)로 넘어간다. 주로 산동성과 장쑤북부에 분포되어 있는데, 1959년 산동 타이안(泰安)의 타원거우에서 그 흔적이 처음 발굴되었고, 유사한 회청색연질토기로는 서울 석촌동 고분군에서 발견되는 정도이다. 타원거우(大汶口)문화를 이루었던 사람들은 일반적으로 동이족의 선인들로 보고 있다.

고고학자 크레이머는 수메르인은 동방에서 왔다는 확신을 가지고 있다. 수메르인들 역시 동방의 종주국을 '하늘나라'로 말하고 거기의 하늘산을 넘어왔다는 기록을 점토판에 남기고 있다.

그들의 인식에 주목할만한 부분도 있다. 동방의 도덕주의를 바탕으로 삼았다는 것이다. 이는 삼신문화에 뿌리를 둔 군사부일체, 임금과 스승과 아버지를 똑같이 받드는 문화의식의 표출로서 서양의 도덕주의나 윤리의식에서는 찾아볼 수 없는 사상이다. '라가시'에서 발굴된 점토판에는 학교에서 선생을 아버지라 불렀고 선생은 제자를 아들이라 하기도 했다. 학교 교사들이 지녔던 위엄과 예절을 보여주는 내용이다.

그리고 수메르인들은 60진법을 사용했다. 한반도에서도 60갑자 역시 60진법으로 전통적으로 사용해 왔던 일상의 지식코드였다. 여기에 더해 태양력을 활용해 일상을 관리해 나갔다. 결혼 전에 함을 지던 풍습도 있었다. 그리고 기름나무라며 참깨를 심어 얻은 참기름을 먹었으며, 마늘 또한 즐겨 먹었다.

미 언어학자 C.H 고든은 '동방에서 오면서 문자를 가지고 온 듯하다'라고 했다. 수메르인들은 중동 언어와는 전혀 다른 '교착어'를 사용해 왔다. 교착어는 알타이계 언어를 말하는데, 한국어-터키어-일본어 등이 이에 속한다. 더 자세히는 다음의 별항(2-5)을 두어 다루려 한다.

④ 유사 언어체계

수메르어는
설형문자로 쓰여졌다.
접미사가 잘 발달한
교착어에 속한다.
'누렇다' → 누르딩딩
'학교' → +가+는+를+에

이와 같은 교착어는 BC 4000년경부터 고대 수메르에서 사용되고 있었다. 20세기에 와서 점토판에 새겨진 설형문자를 해독함으로써 알려지게 된 것이다. 이집트어와 함께 인류역사상 문자로 기록된 가장 오래된 언어에 속한다.

BC 2000년대 말기에 셈족인 아카드인들이 수메르를 정복하였으나, 아카드인들은 오히려 수메르의 문자체계를 배우고 문자를 받아들였다. 이로 인해 수메르어는 수메르 멸망 후에도 오랫동안 활용되어 왔다. 수메르인들은 BC 3000년대 말경부터 점토판에 문자를 새기기 시작했다.

1996년 한국언어학회지 언어학 19호에 "**수메르어와 한국어의 문법범주 대조 분석**"이라는 논문이 실린다. 모처럼 아시리아 고고학자의 연구논문이었기에 잔잔한 충격으로 받아 들여졌다(이스라엘 히브리대 아시리아학과 조철수 교수). 후속으로 재해석되어 "**수메르어와 한국어는 같은 뿌리**"라는 글이 나오기 시작한다.

수메르어는 한국어처럼 교착어이다.
교착어는
어미를 변화시키는 특징이 있다.
전치사가 아닌 조사가 발달해 있다.
한국어처럼 흐름이 있다.
주어+목적어+동사의 순서이다.

수메르어에서

제3인칭 복수를 가리키는 -네는

한국어의 -너,-네처럼 -네와 같다.

한국어로 '시골내기, 신출내기'처럼

'-내기'는 수메르어로 'naki'이다.

그래서 '아누나키(Anu naki)'라는 수메르어는

Anu-naki : 하늘내기, 즉 '하늘에 속한 이'라는 뜻으로

천사나 신들을 일컫는 말이 된다.

수메르어	한국어	비교
안울(Anul)	한울	하늘의 고대어
안(An=天)	한(han=天)	안과 한은 같은 발음
기르(Gir)	길=路	
아비(Abi =아버지)	아비=夫	
님(Nim)	님=사람	
밭(Bad)	밭=田	
나(Na = 1인칭)	나=我	
그(Ge = 3인칭)	그=3인칭	
이(1인칭)	이=지시대명사	
움마(Uhma=母)	엄마=母	

문화란 진화적인 속성이 있어 어느 날 갑자기 하늘에서 떨어지는 법은 없다. 수메르문화도 외계인이 어느 날 갑자기 만든 것이

아니라 오랜 진화의 결과라고 보아야 한다. 그래선가 BC 4000~2000년경의 수메르어의 수수께끼는 아직도 풀리지 않고 있는 게 사실이다.

수메르어는 한국어처럼 교착어에 속한다.

교착어를 알타이어로 특징 지우고 있는 관계로 한국어를 비롯한 터키어, 일본어를 말하고 있지만 그 외에도 몽골어, 헝가리어, 핀란드어, 스와힐리어, 타밀어, 자바어, 타갈로그어 등이 있다.

이로 인해 자기 나라의 언어와 유사하다는 주장은 넘쳐나고 있는 게 현실이다. 수메르어가 이미 사어가 되었고 고립어였기 때문이기도 하다.

제3부

한민족 겨레 울림

1) 홍산문화(紅山文化)

한민족과 홍산문화
그러나 울타리 쳐 있다. 좀처럼
들여다볼 수 없는 가두어진 문화이다.

그래도 한반도 파주에서는 옥룡이 출토되고,
그 후 강원도
문암리 옥 귀걸이,
원주 법천리 초두 용머리,
부여 연화리 곡옥이 출토되고 있으니,
가둔다고
다 가두어진 게 아니다.

홍산문화
중국의 동북방 동이문화권에서

피어나고 퍼져 나간 문화이다.
만리장성 안쪽에서는 발견 안 되는데
요하 지역에서 그리고
한반도에서는 그 흔적이 발견되고 있다.

그래도 손사래 칠 건가
홍산문화는 동이족의 문화이다.
동이족의 주체는 한민족이다.
5,000여 년 전
후기 신석기문화인 것이다.

그러나 오늘날 유적지 요령 지역, 내몽골지역이 중국 영토 내에 있다. 그렇다고 동북공정에 활용하면 안 된다. 이게 인류가 살아가는 질서이기 때문이다.

우리가 울타리 문을 열려고 해도 사서는 '환단고기'뿐이라 바라만 보고 있는 게 현실이다. '환단고기'에서 이 시대의 나라를 배달국으로 규정하고 있는데도 말이다. 그래 상관성을 찾아보게 된다.

첫 번째로는 암각화의 상관성이다. 경북 울산 천전리 암각화가 발견된 이래로 20여 개소에서나 발견되고 있다.

두 번째로는 빗살무늬토기를 들 수 있다. 이 즐문토기는 동이족 문화권인 요하 지역과 한반도 간에 교류가 활발히 있었음을 의미한다. 이 유사 즐문토기가 오늘날 한반도 해안 어디에서나 발굴되고 있고 내륙에서도 팽이형을 비롯해 유사 모형의 즐문토기들이 발굴되고 있다.

세 번째는 옥룡, 곡옥, 초두 용머리, 옥 귀걸이 등이 있는데, 이 모두 한반도에서 발굴되고 있는 것이다(경기도 박물관).

중국에서는 그간 황하문명을 중국문화의 시원으로 해 오고 있었다. 그러나 동북공정 이후로 갑자기 요하지역의 홍산 문화를 시원으로 하자는 주장이 나오고 있다. 홍산문화가 메소포타미아 문명이나 인더스문명보다 1,000여 년 이상 빠르고 광범위해 인류 문명의 시발점이 될 수 있기 때문으로 보인다.

홍산문화의 중심지가 현재는 중국 영토 내에 있다. 그렇지만 7,000여 년 전에도 그러했을까? 아니다. 그렇지만 그들은 현재의 영토를 기준으로 역사를 해석하려는 동북공정의 사관을 앞세워 선사시대의 홍산문화를 중국의 역사로 뒤바꿔려는 우려스러운 징후를 보이고 있다.

참으로 우려스럽다.
그래서 울타리를 치고 있나 보다.

그래서 손사래를 치고 있나 보다.

그와 같은 사관은

중국 안에서만 통용될 뿐이다.

홍산문화는 동이족 문화이다.

동이족의 주체는 한민족이다.

2) 한민족 다물정신

다물(多勿)

되찾는다

순수 우리 말이다.

고조선 유민들이 만든 '다물군'이 있다.

다물군은 최강

한나라군을 물리쳐 이읏고

고구려를 세우게 한 건국혼이다.

어쩌다

우리 잊고 살아왔다

겨레의 얼과

맥을 이어온 다물정신을

고조선의 천지화랑이었고

고구려의 조의선인이었고

신라의 화랑이었고

백제의 싸울아비이었지 않은가

요동벌 떨치던 그 기상

고려의 재가화상이었고

조선의 의병이었고

일제강점기의 독립군이었지 않은가

바로 그들이

우리의 다물정신인걸….

이제 우리 찾아야 한다.

잊혀 왔던 다물, 그 정신을….

명문대 엘리트들이여

아직도 관료 되겠다고

행정고시에만 목매는가

마지막 조선 총독의

뼈있는 말을 기억하소서

'일본인이여 울지마라!

우리는 다시 돌아온다'

정말 소름 끼치지 않는가
이제 우리에게 필요한 건
다물정신이다.
평소에는 공장에서
전답에서 일하다가도 국난 시엔
전쟁터로 달려갔던 고려의 재가화상

우리가
그들의 후손이지 않는가
올바른 민족정신이면
몇 보 앞선 그들도 별 거 아니다
우리는 원래 나약한 민족이 아니었으니….

3) 민족자존

한강 하류 일대의 주거흔적은 신석기시대에 와서야 나타난다. 고양벌의 지영동, 신원동, 오부자동, 관산동, 오금동, 지축동, 백석동, 그리고 곡룽천변에서의 빗살무늬토기를 비롯한 다양한 토기들, 가와지 볍씨 등이 발견되는 것으로 보아, 5,000~6,000여 년 전에 이미 강 하류에는 농민들이 살아가고 있었으리라….

그 후 한반도와 남만주 일대에서는 부여(夫餘), 예맥(濊貊), 고조선(古朝鮮), 임둔(臨屯), 진번(眞番), 삼한(三韓) 등의 부족연맹체가 형성되게 된다. 그중에서도 가장 강력한 연맹체는 고조선이었다. 그러나 준왕(準王) 때에는 위만(衛滿)에게 나라를 빼앗기고, 그 후 위씨조선 역시 3대를 넘기지 못하고 한무제(漢武帝)에 패하고 만다(BC 108년).

그들의 세력하에 낙랑군(樂浪郡), 진번군(眞番郡), 임둔군(臨屯郡), 현도군(玄도郡)이 들어서 불행이 시작하게 되는데, 고양지역을 비롯한 토착세력의 저항으로 40여년 만에 진번과 임둔을 폐하게 되고, 대신 옛땅에 대방군(帶方郡)이 설치된다. 그 후 얼마 지나지 않아 중국에서는 위나라가 진나라로 바뀌게 되어 낙랑과 대방의 응집력도 약화되어가고 있었다.

이 무렵으로 중국의 삼국지 위서 동이전 한전에 '기이영(崎離營)전투와 멸한(滅韓)사건'이라는 중요한 기록을 남기고 있다.

수집된 자료들을 참고로 해 볼 때 3세기 전반기에 임진강을 건너 대방군의 기이영을 공격해 갔던 군장국가는 신분활국(臣濆活國, 臣幘活韓)으로 보여지는데, 그 나라는 오늘의 일산벌 일대로 추정된다는 점이다(문정조 논문, 행주얼 38호).

임진강 연안 고대사에서 이 사건이 중요시하게 되는 데는, 첫째로 그간 상대적으로 강하게만 여겨왔던 대방군 영내를 감히 공격할 수 있을 정도로 군사력을 갖춘 한민족의 집단세력이 한강 하류 어딘가에 있었다는 점이다. 둘째는 전쟁에 소요되는 막대한 물자를 감당할 수 있을 정도로 농업 생산성이 높은 부자나라였을 것이라는 점이다. 셋째는 신분활국이 대방군 기이영전투에서 패하게 됨으로써 임진강 이남 고양지역까지 대방군의 통제가 강화되는 등 이 지역에 세력의 재편성이 이루어졌을 것이라는 점이다. 넷째는 그동안 신분활국의 실질적 통제권한을 가지고 있던 진왕(辰王)의 위상이 자연히 무너지게 되고, 대신 서울의 강동지역에서 움츠리고 있던 군장국가 백제국이 강한 나라로 부상하기 시작했을 거라는 점이다.

이처럼 임진강과 한강 하류 고대사에 대변혁을 일으킨 큰 사건이었고, 그 주체가 한강 하류 일산벌로 추정되고 있는 배달의 후예 신분활국(臣濆活國)의 주민들이었을 것이라는 점은 한민족의 자존을 지켜주는 것이리라….

4) 치우천황

배달의 환웅
배달국을 세운 일등공신이다.

최대 영토를 차지한 환웅
만주 일대와 한반도 황해 건너
산동성을 내려가는 해안 따라
중원에 이르기까지도
치우천황의 지배권에 있었다.

고구려 광개토대왕의 정복활동
역시 치우천황 때의
고토수복이었으리라….

42세로 배달국 환웅이 된다.

중국인들로부터 침입을 받아왔고
힘 빠져가는 노쇠 배달제국을 보고
우선해 군제개혁을 실시한다.

길로산에서 철을 캐낸다.
칼 창 대궁을 만든다.
최초로 갑옷을 만든다.
강군을 양성한다.

미개 한족들은 넋을 잃고 바라본다.
구리 머리에 쇠 이마를 가졌고
갑옷으로 무장한 치우부대에 놀랐던 것이다.
먼저 중국
최고의 권력 황제 허원을 공격한다.

염초와 유황을 태운 연기부대를
앞세우자 허원군은
혼란에 빠져 도망가기 바쁘다.
이윽고 중국 황제 허원의
항복을 받아낸다.

백전백승 불패의 지도자

환웅 치우천황이었다.

BC 2599년에 세상을 떠난다.

무덤이 있는 중국 산동성

오늘날까지도 '군신'으로

모셔져 오고 있지 않은가….

5) 상무정신

1592년 4월 13일 오후 5시경, 경상도 가덕도 해상에 90여 척의 배가 항해 중이라는 보고가 들어온다. 이는 소서행장이 이끄는 제1진이 부산포에 이르는 상황 보고였다.

이렇게 시작된 임진왜란은 권율 장군의 역할이 국가의 운명을 좌우할 만큼 커간다. 금산군과 전주 사이에서의 “이치전쟁”과 “수원독산성(禿王山城)싸움”에서 이기게 됨으로써 다음은 한성수복을 목표로 다음의 전략적 요충지를 찾고 있었다.

그 무렵 지원군이던 명군의 사령관 이여송이 평양을 탈환하고 개성에 들어와 서울 수복을 위해 권율 장군과 같이 힘을 모으기로 되어 있었다.

그러나 명군은 서울을 향해 진군하던 중 벽제리 일대에서 왜군에게 대패하고 간신히 목숨을 부지하며 개성을 거쳐 멀리 평양으로 달아나고 말았다.

이 소식을 들은 권율 장군은 크게 실망했으나 행주산성에서 왜군과 일대 결전을 다짐하게 된다. 이로써 권율 장군은 수원 독산성에서 은밀히 대군을 행주산성으로 옮긴다.

지형적으로 행주산성은 한강을 이용하려는 적을 제어할 수 있는 관문이고, 조선군으로서는 한강을 이용한 보급로의 거점이 되는 곳이었다. 서울에 있던 왜군들도 이와 같은 중요성을 충분히 알고 명군이 내려오기 전에 거점을 확보해야겠다는 결심으로 대군을 준비하게 된다.

그리하여 행주산성에서 조선군 2,300여 명과 왜군 3만여 명 간에 벌어진 혈전은 12시간이나 계속된다. 적의 공격은 음력 2월 12일 새벽에 우끼다 히데이야가 이끄는 3만의 왜군으로 시작된다.

권율 장군은 적의 공격이 시작되자 먼저 활을 잘 쏘는 군사를 모아 일제 사격에 나서 적의 기세를 꺾게 했다. 이어서 비축해둔 돌을 적중에 구르는 등의 공방전이 아홉 번이나 계속되었다.

왜군은 수많은 부상자를 내면서도 부대를 바꾸어 가며 혈전을 거듭하다가 마지막엔 화공작전을 펼쳤다. 산 밑에서 불을 지르니

불은 서북풍을 타고 점점 타올라 목책에까지 붙었다. 미리 독에 채워 두었던 물로 목책에 불을 껐고, 목책에 접근한 적에게는 화포와 수차의 공격으로 필사결전의 공격으로 막아 냈다.

그러나 권율에게도 위기는 있었다. 행주산성의 북면과 서북면 구릉지는 완만한 곳으로 왜군의 작전에 유리한 곳이었다. 왜군도 유리한 지형을 이미 알고 주 공격루트로 삼았던 것이다.

이로 인해 한때 일부의 성책이 무너지자 의지가 굳고 조직력이 강했던 처영의 승병들도 일순간 동요가 일기 시작한다. 이때 권율 장군의 특유의 독전이 발동된다. 옆 진영의 협조공격으로 무수히 많은 화살을 쏘게 하고 무술에 강한 승병들에겐 백병전으로 방어하게 했다.

이로 인해 위기의 순간은 넘겼지만 너무 많은 화살이 소비되어 재고가 바닥나고 만다. 이제는 맨손 맨몸으로 대항하는 수밖에, 그리하여 일산별 행주부녀자들은 앞치마에 돌을 날라왔고 남성들은 투석전으로 대신하고 있던 무렵, 경기수사(景畿水使) 이빈이 병정들과 함께 수십 척의 배에 식량과 무기를 싣고 강화도로부터 한강을 거슬러 올라와 산성으로 들어오니, 조선군은 다시 전의에 불타게 되었고, 왜군은 반대로 서둘러 후퇴하게 하는 결정적인 순간이 된다.

이렇게 하여 아침 해 뜰 무렵에 시작한 전투가 12시간 후인 해가 질 무렵에야 조선군의 대첩으로 끝나게 된 것이다. 그 후 행주산성 전투는 아시아는 물론 세계 여러 나라 국가전략 편에 소개되며 상무 정신의 표상이 되어 오고 있는 것이다.

6) 통일을 시도한 광개토대왕

옛 고구려 수도
중국 지린성 지안현
각력응회암비(角礫凝灰岩)
홀로 거기 서 있다.

쓸쓸함 때문일까 비문 보고
곡해하던 식민시대의 곡학아세(曲學阿世)
그들 때문인가 떠나려는
발길 개운치만은 않아라….

그래도
그 위용은 여전히 왕 중의 왕
國岡上廣開土境平安好太王
국강상광개토경평안호태왕

이를 줄여 광개토대왕이라 하고
호태왕이라 부르나 보다.

4세기 후반에 들면서 고구려
왕실에는 큰 경사가 난다.
이연 부부가 아들을 낳은 것이다.
이름은 담덕
어려서부터 체격이 크고
남이 얕잡아볼 수 없을 정도로
위엄있는 외모로 커간다.

18세에
왕위에 오르게 된다
할아버지와 숙부로부터
많은 사랑을 받으며 자란다.
대를 이어 쌓여왔던 한도 알게 되어
응징하려는 마음도 굳혀간다.

할아버지 고국원왕 때
후연의 공격을 받아 굴욕을 당했고
숙부 소수림왕 때
거란의 공격을 받았고

백제와의 전쟁 때 조부
고국원왕의 전사 사건도 알게 된다.

패기왕성했던 태왕은
즉위하자마자 보복전쟁에 나선다.
북쪽의 숙신 지역을 점령하고
서북쪽의 거란지역
서남쪽의 후연 지역
남쪽의 백제 한강 하류를 점령한다.
그리고 신라까지도 영향권 아래 둔다.

정복전쟁은 아들
장수왕 때까지 이어간다.
전략적으로 유리한
한반도 중부를 차지하게 되자 수도를
국내성에서 평양성으로 옮긴다.

이쯤 되면 만주지역을 포함한
한민족의 영역이
처음으로 통일된 게 아닐까….

7) 저항정신

당시 조선은
유교의 나라였기에
국왕은
군주(君主)로서 군자답게 처신해야 하고,
왕은 하늘을
대신하여 백성을 다스리므로
천륜에 마땅하여야 하고,
그 정치도
애정으로 베푸는 인정(仁政)이어야 했다.

그러나 연산군은 매일같이 향연을 베풀고 기생을 궁으로 끌어들이고 심지어는 여염집 아낙을 겁탈하거나 자신의 친족과 상간하는 등 패륜적인 행동을 끊임없이 자행한다. 그뿐만 아니라 문신들의 직간이 귀찮다는 이유로 언관을 이루고 있는 사간원, 홍문관, 경영관을 없애버리는 등 여론과 관련되는 제도 자체를 폐쇄시켜 버리기도 했다.

친모 윤씨 폐비사건 관련인들에 대한 잔인한 보복이 일어났던 1504년에는 고양시 대자동에도 "**대자동금표비**"가 세워지기에 이른다. 고양지역은 서울의 서북에 인접하고 있기 때문에 조선 왕조와는 밀접한 관련을 가지고 있었다. 대명관계에서 관문 구실을 하게 됨으로써 교통이 잘 발달되어 있었고 특히 강무장(講武場)과 수렵장으로 활용되고 있었다.

이렇듯 강무라는 핑계로 날마다 비밀스러운 수렵을 하다 보니 이로 인해 주민들의 피해가 커갔다. 인내에 한계를 느낀 지언(池彥), 이오을(李吾乙), 말장수(末長守) 등이 임금의 지나침을 고하게 되자, 그들을 능지처참하고 그들의 가산을 몰수해 버린다.

이 사건이 구실이 되어 이윽고 고양벌은 괘씸죄로 혁파되고 말았던 것이다. 고양지역을 그의 전용 수렵장으로 만들어 그 내에 있는 주민들을 철저하게 쫓아내고 곡식창고 군창도 파주로 옮겨 버린다.

쫓겨난 주민들은 생업을 잃게 되고, 금표 밖의 주민들도 나무나 풀을 베러 가다가 잘못 금표를 범하게 되면 죄를 따지지 않고 죽임을 당하니 가만히 있으면 굶어 죽고 움직이면 베어 죽을 형편이 되었다(연산군일기(燕山君日記), 11年 7月 1日 條).

"기훼제서률"이라는 무서운 형벌에도 불구하고 백성들은 금표를 계속 범하게 되는데, 이는 굶어 죽으나 금표를 범해서 죽으나 죽기는 마찬가지라는 절망감에서였던 것이리라….

8) 살수대첩

살수대첩 하면
을지문덕을 연상케 한다
만주지역에는 아직도
'을지' 성씨가 많다는 점도 소식이다.

다음 떠오르는 게 5행시다
神策究天文(신책구천문): 그대의
신기한 책략은 하늘의 이치를 다했고,
妙算窮地理(묘산궁지리): 오묘한
계획은 땅의 이치를 다했노라,
戰勝功漑高(전승공개고): 전쟁에
이겨서 그 공이 이미 높으니,
知足願云止(지족원운지): 만족함을
알고 그만 두기를 바라노라

이 5행시는 을지문덕 장군이
수나라장수 우종문에게 보냈던 한시다.
을지문덕 장군의 지략과 무용을
엿볼 수 있게 한다.

612년 수나라 양제는 대군을 이끌고
고구려 요동성을 공격해 온다
30여만 명의 별동대를 앞세웠다
별동대가 압록강 서쪽에 집결하자
을지문덕의 계략이 발동된다. 우선
거짓 항복이었다. 항복을 핑계 삼아
적진으로 들어가 군량 부족을 탐지해낸다.

그 후부터 장기전을 구상하며 스스로
지치게 하는 전술을 택한다.
하루에 7회 싸우다가도 7회 지는 척 도망을 간다.
이러기를 평양성 부근에 이르기까지 유도해
극도로 지치게 만든다. 전술은 적중했다.
이윽고 수군들은 지칠 대로 지쳐 전의를 상실하고
내분까지 일어나게 된다. 지휘관들부터
가능한 후퇴의 구실을 찾으려 한다.

이때다. 수나라 장수에게
을지문덕 장군의 5행시가 전해진다.
"신통한 계책은 천문을 헤아리며
묘한 꿰는 지리를 꿰뚫는구나, 싸움마다
이겨 공이 이미 높았으니 족한 줄 알아서
그만둠이 어떠하리!" 라는 희롱조의 5행시를
보내 수나라 군대의 회군을 종용한다.

역사 속에는
수많은 국가 간 전쟁이 있었다.
그중에서도
가장 큰 전쟁을 맡고 있는 것이다.
300여만 명에 이르는 거대한 군단
출발하는 데만 40일이 걸렸다는 규모의 전쟁,
1,500여 년전에
300만 명으로 고구려를 침공했다는 이 믿기지 않는
대 사건을 필 한 자루로 이겼던
전쟁신이 바로
한민족 을지문덕이었던 것이다.

다음은 수나라 군대의
핵심을 무력화시키는 일이다.

그 핵심은 별동대 30여만 명이다.

을지문덕 장군은

살수대첩을 구상한다. 그들을

유도해 을지문덕의 지략으로 괴멸시킨다.

살아가는 자가 겨우 3,000여 명

더 치명적인 것은 수나라 자체가

패전으로 망해가고 있었다는 점이다.

9) 근초고왕(近肖古王)

백제 중흥의 영주
근초고왕
중국 군현이 없어지던 때는 백제
비루왕 10년경이다.
비루왕이 대방군의 옛땅을 과감하게
통합시키고 북진하기 위해
신라와 일단 화해해 나간다.

그 무렵(346년)에 비루왕의 둘째 아들
근초고왕이 왕위에 오른다.
그의 체모가 기이하고 식견이 풍부하여
백제의 중흥조로서의 자질을 갖추었다고
조신들은 반가워한다.

사실 그는 만주벌에 웅거할 미래의
꿈도 품고 있었다. 먼저
남쪽의 부담을 덜기 위해 신라와 화평을 약속한다.
이는 국력을 북진에 모이기 위함이었다.

마한지역을 통합하던 24년(369년) 9월에
고구려 고국원왕이 보기 2만을 거느리고
남하해 치양(황해도 白川)에 와 민호를 약탈한다.
기다렸다는 듯 태자 근구수를 보내 격퇴시킨다.
그리고 포로 5천을 취해 장수들에게 나누어 준다.

이 전쟁이 양국 간에는 돌이킬 수 없는 대사건이었다.
지금까지 두 나라 간
동조동근(同祖同根)해오던 관계가
깨지는 결정적 계기가 되기 때문이다. 역시 그 후로는
원수지간이 되고 만다.

한 제국의 권위 아래 통일된 질서를 유지해 오던 중국은 삼국의 분립, 위 진의 교체, 5호 16국의 난세를 거쳐 마침내는 남북조의 분립된 상황까지 이른다. 이러한 분립과 혼란 속에서 한 제국의 정치적 문화적 영향을 받던 동방세계 역시 이 물결의 소용돌이 속에 휩쓸려 들어가게 된다.

부여계통의 유목민으로 마한의 한 부락을 점유하고 성장하여 온 백제국은 한족 사회의 여러 부족 중에서 가장 유력한 부족이었다. 이 부족은 고이왕(234~285년) 때부터 대방군의 후원을 얻어 나라의 터전을 마련하였고, 그 영역은 마한의 여러 부족을 통합하여 지금의 경기도와 강원도 일부, 충청도 일부를 포함하였으며, 신라와 자주 겨루어 남쪽으로 땅을 개척하고, 북쪽으로도 호시탐탐 확장을 노리고 있었다. 그런데 그 무렵 고구려의 고국원왕이 남침해 왔던 것이다.

고국원왕은 전해의 패전을 설욕하려고 다시 남하하였다. 그러나 고국원왕은 백제군의 화살에 맞아 전사하고 만다. 근초고왕은 싸움에서 이기고 돌아와 도읍을 아예 한산(지금의 서울)으로 옮긴다. 이렇게 하여 근초고왕 대에 있어서 백제국 영토확장은 실로 놀라울 정도로 넓은 지역이 된다.

영민했던 근초고왕은 이제
국제간의 세력 균형과 외교관계를 생각하고 있었다.
남하하기 위하여서는 일본과 손을 잡아야 하고,
북진하기 위해서는 신라와도 화해가 있어야 하고,
그리고 문물 수입과 장래의 세력 균형을 고려하여
중국과도 통교해야 했다.

그래도 그늘은 있었다.
신라와의 관계였다. 이미
마한의 전역을 통합해 일본과 통교를 시작하니
이해에 따라 사사건건 충돌하곤 했다. 그래도
고구려의 남하를 막으려면 신라와는 당분간
화평을 유지해야 했기에 소소한 것들에는 양보하면서
화평을 유지해 갔다. 그러나
372년에는 돌발사건이 벌어지고 만다.

그것은 백제의 독산 성주가 부하 300명을 거느리고
신라로 망명한 사건이다. 이로 인해서
신라와의 화평은 깨지고 만다.

이미 늙어버린 근초고왕 그간
용감하고 영민하다는 호평을 받아왔지만
위기에 번쩍이던 전략이 떠오르지를 않는다.

다행이라면
믿음직한 후계자가 있었다.
아들 근구수(近仇首)였다. 그래
노 영웅의 마음을 적이 안심시킬 수는 있었으니….
마지막까지

그 사려 깊은 눈은

남과 북을 응시할 수 있었다.

10) 대조영(大祚榮)

자랑스러운 반항아
대조영!
석학 유득공(柳得恭)은 외친다
"大씨는 누구였던가?
그의 땅은 어디였던가?
한민족의 배달후예 고구려
유민들의 땅이지 않았던가…."

멸망한 후 당나라에 복종하였으니
유민되어
승전국 눈치만 봐야 했다.

우리가 고구려의 옛땅을
회복하는 명분을 상실한 것은

국사에서 발해왕조의 흥망이
제외되고 있는데 있기에 오늘도
비분강개하고 있다.

그래도 고구려의 유민들은 당당히
대 당 제국을 상대로 한 영광스러운
반항을 준비했다.
고구려 유민들과 말갈 백성을 규합하여
성공했던 지도자가 있었으니
그의 이름 **대조영**!
그래도 아쉬움은 남는다.
그의 전기와 그 웅대한 판도가 명백치 않으니….

그가 동양사의 표면에 두각을 나타낸 것은
거란의 추장 이진충(李盡忠)의 반란 이후부터이다.
대조영의 일가가 영주로 옮겨온다.
그러나 강제이주였기에 한을 품고 왔던 것이다.
당나라는 고종 원년에 고구려의
국도 평양을 함락하여 남부 만주와 한반도
북부에 걸친 일대를 그 세력권 내에 넣고
평양에 '안동도호부'를 설치한다. 그래도
불안했던지 유력 유민 4만 호를 강제 이주시킨다.

당나라의 고구려 유민들에 대한 가혹한 처사는
강인한 고구려 유민들에 대한 상대적 불안 때문이었다.
대조영 일가가 영주로
옮겨온 것도 이 이주정책에 따른 것이었다.

당나라가 불안 요인을 없애려 산산히
분산 이주시켰지만 그래도 허점이 있었다.
당나라 내부에서였다. 그로 인해
평양의 안동도호부를 요동으로 옮기게 되는 등
당나라의 동북정책에 동요가 일어나게 된다.

당나라에 대한 항거는 요서 지방의 영주를
발판으로 하여 일어났다.
당서의 재상세계표(宰相世系表)에서는
"영주왕은 원래 고구려인이다"라고 기록하고 있다.
이로 보아 대조영 일가뿐 아니라 영주 부근에는
많은 고구려 출신 군장들이 이주해 왔던 것으로 보인다.

그러나 다민족이 섞여 있다 보니 요하 상류에는
미묘한 갈등이 일어나곤 했다.
토착민들의 주류는 거란족이었다. 거란족의 향배에 따라
요서와 요하지방의 주도권이 변모하는 것이었다.

거란의 추장 이진충과 귀성주자사(歸誠州刺) 손만영이 영주도독 조홰에 반기를 들어 영주성을 공략한다. 이 사건으로 조홰가 죽자 **불세출 영웅 대조영에게도 기회가 온다.**

거란족의 반란이 폭발하자 당나라에서는
토벌군을 파견하여 즉시 진압한다. 그 해
10월에는 거란의 추장 이진충이 죽는다.

이 사건은 당나라의
동북 변강에 대한 방어체제의 약점을
노출시킨 것이었다.

젊은 대조영은 쾌연히 일어선다.
안일의 길을 저버리고 가시밭과 같은
험한 반항의 길을 택했던 것이다.

이때는 이미 조국 고구려가 망국의
쓰라림을 겪은 지 30년이 되던 해다.

대조영의 지도력은 당나라에서도 익히 알고 있었다.
고구려 유민과 말갈민의 운명을 판가름하는
천문령에서의 쾌승을 보고 더 놀랬던 것이다.

그러나 대조영은

여기에서 만족하지 않고 곧 태백산 동쪽으로 이동하여

동모산(東牟山) 기슭에

영광된 왕국의 터전을 잡는다.

11) 장보고(張保皐)

그는 남해의 외로운 섬에서
가난한 어부의 아들로 태어난다.
조그마한 배 한 척이 유일 재산이었다.
그래도 놀이 삼아 시작했던 뱃놀이가
원거리까지 나갈 수 있는 실력이 되어
원숙한 선장이 된다.

날씨가 좋으면 당나라
서주(徐州)까지도 찾아가곤 했다.
그곳에서 인연을 쌓기 시작해 당나라의
군관 벼슬인 무령군 소장까지 지내게 된다.

당나라가 인정하는 지위를 갖게 되자
등주(登州) 까지도 제약 없이 찾아갈 수 있게 된다.

거기에는 신라방이라는 거리가 있어 신라인들이 살고 있었다.
이곳에서의 신라사람들은 대개 교역관계로 와있었기에
신라로부터 파견된 유학생들의 출입이 잦았다.

그런데 신라인들을 괴롭히는 동족이 있음을 알게 된다.
신라의 교역선을 타고 다니는 상인 가운데에는
금품에 눈이 어두워
수단과 방법을 가리지 않고 날뛰는 측이 있었다.
그중에서도 해서는 안 될 일로 동족인 신라의
소년 소녀들을 태우고 와서 노비로 팔아먹는 일이었다.

강직한 장보고는
이 광경을 보고 분개해 귀국을 결심하게 된다.
당나라의 젊은이들도 부러워하던 그 소장직을 버리고
귀국하는 것으로 보아 충격이 컸던 것으로 보인다.
신라왕에게 등주에서 보았던 부정한 짓들을 고한다.
듣고 있던 조신들은 이미 알고 있었다는 듯이 외면한다.
어쩌면 그들과 결탁되어 있었는지도 모른다.
왕으로서는 금시초문이라 놀라며 분개한다.

왕이 장보고에게 다시 묻는다.
우리 소년 소녀들을 노비로 팔아먹는 짓들이 확실한가….

그렇습니다. 연안의 사정은 어떠하던가?
연해는 이름이 신라땅이옵지 해적들의
소굴이나 다름없는 줄 아옵니다. 해적에게
시달린 백성들은 산으로 도망치는 수밖에 없는 형편이오니
어지럽기가 그지없는 줄 아옵니다.

왕은 긴 한숨을 쉬며 탄식한다.
이 일을 어떻게 해야 한단 말인가….
옆에 있던 시중 우징(祐徵)이 나선다.
이 사람을 조정에 중용하심이 옳은 줄 아옵니다.
왕은 다시 장보고에게 묻는다. 어떻게 해야 할까….
풀어진 기강을 세움은 조정의 중신들이 할 일이오나
청해 땅에 진(鎭)을 두어 문전을 감시케 함이 옳은 줄 아옵니다.

청해 땅으로 아뢰오면, 서로는 당나라와 동으로는
왜국에 미치기까지 바다에 있어서 중요한 거점이요,
서라벌 문전의 초소라고 해도 과언이 아니옵니다.

중신회의가 끝난 다음 왕은 장보고에게
청해진 대사 임무를 맡긴다. 그리고
그에게 군졸 1만 명을 주어 관리하도록 명한다.

군졸 만 명을 청해로 옮기는 데만도 상당한 시일이 걸렸다.
그리고 성을 쌓기 시작한다.
290리나 되는 섬 둘레를 직접 둘러보고
지형에 따라 달리 망루를 설치하기도 한다.
그 다음에는 벌목해 전함을 만들기 위해
조선 기술자들을 수소문해 모집한다.

그렇게 제조된 배들은 예사롭지 않았다. 보통 배들보다 3배나 넓었고, 뚜껑을 닫으면 방주가 되어 마치 자라가 엎드린 것 같고, 뚜껑을 열면 그것이 밑으로 내려가 붙어서 조그마한 배가 되는 것이었다. 앞뒤가 뾰족하고 돛을 두지 않아 안에서 노를 젓게 하여 속력을 마음대로 조절할 수도 있게 했다. 그리고 물에 익숙한 자들을 별도로 뽑아 항해술을 익히게 했다.

왕이 승하하자 흥덕왕이라고 불렀다. 천하의 백성들은 누가 새 왕위에 오를지 뒤숭숭했다. 그로 인해 왕족에 따라 조정은 두 갈래로 갈라져 분열된 조정은 결국 피를 보고야 말았다. 균정이 살해되었고, 김양은 깊은 상처를 입었다. 이때 균정의 아들 우징(祐徵)은 야음을 타 장보고가 있는 청해 땅으로 도망을 친다.

장보고는 옛 인연으로 반갑게 맞아주었다. 그러나 고뇌는 있었다. 우징이 청해진으로 와 있다는 소문이 조정에 들어가면 미움을 사게 될 거라는 것을 알고 있었기에 더 고민하게 된다. 예상했던 대로 조정에서는 장보고에게 반감을 가지게 되어 염장(閻長)이라는 자객을 비밀리에 파견하기에 이른다.

별안간 염장이라는 자가 청해진으로 귀부하기 위하여 왔다는 보고를 받고 놀란 것은 장보고 자신이었다. 그래도 장보고는 환영만찬을 준비해 환영해 주려 환영주를 돌려 거나하게 취하게 되었다. 이때 염장은 숨겨온 칼로 장보고의 가슴을 찌른다. 앞가슴에서 선혈이 솟구쳐 올랐다. 장보고가 비명에 쓰러진 것이다.

비명에 쓰러져간 장보고에 관한 소문이 번지자 부하 이창진은 난을 일으켜 반항을 해보지만 아무 소용이 없었다. 검술에 능했던 장보고도 선수 치는 칼잡이에게는 어쩔 수가 없었다. 이렇게 해 나약하고 불안해하던 조정은 청해진을 혁파했다고 안도한다. 그러나 장보고의 비참한 죽음으로써 중국-일본에 이르기까지 해상을 장악했던 신라의 해상세력은 신라왕조의 운명과 함께 쇠망의 길로 들어서고 말았던 것이다.

그래도 사후 장보고 장군에 대한 평판이 좋아 여기저기에서 추모하는 운동이 일어나기 시작한다. 당나라에서는 '번천문집'에 위대한 장군의 업적을 기록으로 남기고, 산동반도에 장보고가 세웠던 '법화원' 가꾸기에 나선다. 일본에서는 더 적극적이라 '청해진

대사 장보고 장군 기념비'까지 세우는 등 고승들이 중심이 되어 추모운동까지 일으켰다.

당시 당-신라-일본의 해역 지배는 장보고에 의해서였다. 특히 당에 오가던 일본 고승들과 사신들은 장보고의 도움 없이는 통행 자체가 불가능했다. 그 고마움으로 '입당구법순례행기'를 써서 후손들이 고마움을 알게 하고 일본 천태종의 산실 '적산선원'을 세워 추모하던 행사가 오늘에 이르고 있다.

9세기 신라인들은 뛰어난 조선술과 항해술을 바탕으로 황해 일대에서 해상 교통과 교류의 중심을 이루고 있었는데, 그중에서도 장보고의 선단이 가장 뛰어났다. 장보고는 황해는 물론 서남해안 지방 해상세력과 일본 규슈 일대에 살고 있던 신라인들까지 규합해 무역네트워크를 형성하고 있었던 것이다.

12) 왕릉문화

고양벌에는 왕릉으로 조선조의 서오릉과 서삼릉 그리고 고려 공양왕릉이 있다. 세계문화유산에 등재도 되었다. 조선왕릉이 위엄을 갖추고 있으면서도 편안한 느낌을 주는 것은 주변의 자연과 인공을 잘 조화시킨 선조들의 탁월한 지혜 덕분이다.

다른 유교 국가들에서는 사후에도 통치한다는 의미로 지하궁전을 만드는 등 거대한 인공구조물을 만들곤 했다. 그러나 조선의 왕릉은 속세에서의 고단함을 잊고 편안히 쉬는 공간으로 하기 위해 언덕의 양지바른 곳에 능침을 만들고 의미와 상징을 둔 석물들을 설치하고 잔디로 피복하여 안정감과 아름다움을 더하게 했던 것이다.

조선시대 능원은 죽은자와 산자가 만나는 공간이기도 했다. 진입공간은 산자의 공간, 언덕 위는 능침공간, 그리고 중간 부분을 제향 공간으로 하고, 제례 시 선왕은 능상의 언덕에서 내려와 중간지대인 정자각에서 현세의 왕과 만나게 했던 것이다.

조선조 때의 풍수지리에는 특히 묘혈이라는 부분이 강조되었다. 아무리 그곳이 길지라 해도 묘혈을 조금이라도 벗어나면 그곳은 더 이상 길지가 아니었다.

보통 왕들은 3m 깊이에 관을 놓게 되는데, 묘혈은 산의 능선을 타고 내려오므로, 강이라고 부르는 언덕을 지나 정자각에 와 그 능선이 끝난다고 믿었다.

그리고 조선조의 역대 왕릉은
기본적으로 갖추고 있는 일정한 모습이 있었다.

① 왕릉의 정문에는 홍살문을 둔다. 더러는 홍문이라고 불리는데, 본래 궁전, 관아, 능, 원 등의 앞에 세우던 붉은 칠을 해 신성한 곳을 알리는 역할을 하게 했다.
② 홍살문 오른쪽에는 왕이 제례 시에 홍살문 앞에서 내려 절을 하고 들어가는 **배위**(拜位)가 있다.
③ 홍살문을 지나면 능으로 가는 길인 **참도**(參道)가 있는데, 참도는 왼쪽 부분을 한 단 높게 해 신성한 정령(精靈)이 다니게 하는 신로(神路)와 한 단 아래 사람이 걸어가는 오른쪽 인로 부분을 분리해 놓고 있다. 그리고 참도 우측에는 능지기 건물 수복

방, 좌측에는 제사음식을 준비하던 수라간을 두고 있다.

④ 참도를 따라가면 **정자각**(丁字閣)에 이른다. 정자각은 왕릉이나 원의 앞에 제전으로 건물형태가 'ㄒ'자 모양을 하고 있어 붙여진 이름이고, 그 정자각으로 올라가는 계단이 양쪽으로 있는데, 제례의식에 따라 동쪽으로 올라가고 서쪽으로 내려가게 하기 위해서다.

⑤ 정자각 동쪽에는 능의 비를 안치하기 위해 비각을 조성해 능의 주인을 밝혀 두고 있다.

⑥ 정자각 뒤 좌측에는 **소전대**를 두고 있는데, 제향이 끝난 뒤 축문을 태우는 곳이다.

⑦ 정자각 뒤 우측에 있는 산신석은 왕릉이 있는 산의 신에게 제사를 올리던 돌이다.

⑧ 정자각에서 봉분까지는 심한 경사지의 사초지를 두고 있어 이 부분을 어렵게 지나야 능원의 전형적인 모습을 볼 수 있게 했다.

⑨ 사초지를 지나면 첫눈에 들어오는 것이 **봉분**(封墳)이다. 봉분 자체만 조성된 능이 많지만, 봉분 밑을 12각의 병풍석(屛風石)으로 둘러 봉분을 보호하는 호석을 둔 경우가 있고, 또는 봉분주위를 다시 난간석(欄干石)으로 둘러 보호하고 있는 능도 있다.

⑩ 봉분 앞에 **상석**(床石)을 두고 상석 좌우에는 혼이 나갔다가 되찾아올 수 있도록 세워놓은 길 안내 망주석(望柱石) 한 쌍을 두고, 한 단 아래 중앙에는 안내 등불인 장명등(長明燈)을 두고 있다. 그리고 봉분 바로 앞에는 혼유석을 두어 혼령이 나와서 놀

게도 했다. 이처럼 영혼의 나들이에도 길잡이를 두어 보호하고 있었던 것이다.

⑪ 봉분 전체를 둘러싸고 있는 담장을 말하는 **곡장**(曲墻)이 있고, 봉분의 난간석 바깥쪽에서 곡장을 바라보고 있는 형상으로 4마리씩의 석호(石虎)와 석양(石羊)을 번갈아 두어 능을 호위하는 수호신으로 하고 있다. 그리고 이 수호동물들이 먹고 살 수 있도록 먹이풀들을 배 부위에 조각해 두고 있는 게 재미있다.

⑫ 봉분 앞 장명등의 한 단 아래에는 관을 쓰고 홀(笏, 왕명에 복종 의미)을 쥐고 있는 **문인석**(文人石) 1쌍이 좌우로 하고 뒤에 각각 석마(石馬)를 대동하고 있고, 그 아래 단에는 갑옷에 검을 들고 있는 무인석(武人石)이 역시 각각 석마를 거느리고 서 있다.

⑬ 왕릉 배치상의 형식도 5가지나 된다. 왕이나 왕비의 봉분을 별도로 조성한 **단릉**(單陵), 한 언덕에 나란히 마련한 **쌍릉**(雙陵), 왕과 왕비 또는 계비를 한 언덕에 나란하게 배치한 **삼연릉**(三連陵), 한 언덕의 다른 줄기에 별도의 봉분과 **상설**(常設)을 배치한 **동원이강릉**(同原異岡陵), 그리고 왕과 왕비를 하나의 봉분에 합장한 **합장릉**(合葬陵)형식이 있다.

왕릉조성은 능 담당 임시관청인 산릉도감을 두어 소홀함이 없이 정성을 다했다. 따라서 당시 최고의 풍수가, 이론가, 건설가, 조각가 등이 망라되어 참여했다고 보기 때문에 당시의 시대상 연구에 중요 자료가 되고 있다.

13) 한민족의 대왕 '세종'

한민족의 대왕은

조선조 4대 세종이다.

그는 태종과

원경왕후의 셋째 아들로 태어난다.

12세에 충녕군에 봉해졌고

양녕대군이 왕세자에서 폐위되자

새 왕세자로 책봉된다.

그해 8월에 임금에까지 오른다.

아버지 태종이 이룩해 놓은

강력한 왕권을 기반으로 왕도정치를 내세우고

이상적인 유교적 민본사상을 실현하려 한다.

먼저 유능한 인재들을 찾아 나선다. 황희, 맹사성,

정인지, 신숙주, 성삼문, 박팽년, 최항 등이 그들이다.
등용시켜 깨끗하고 참신한 정치를 펼치게 한다.
그래도 인사와 군사에는 세종 자신이 챙긴다.
왕권과 신권의 조화를 이루려 했던 것이다.

사대부들에게도 주자가례를 장려하여
유교윤리가 사회윤리로 자리잡게 한다.
그리고 세종은
국토개척과 확장을 고민해 오고 있었다.

1419년 이종무 장군에 명해
일본 대마도를 정벌하게 한다.
대마도에 상륙한 조선군은 왜구들을
죽이고 집에 불을 질렀다. 그러자
대마도 도주가 항복해 왔다. 그리고 그간에
잡혀갔던 조선인과 명나라인들까지도 풀어주었다.
이로써 1420년 대마도를
경상도에 편입할 수 있게 된 것이다. 그 후부터
오랫동안 왜구의 침입이 없어졌다.

다음은 북부의 여진족을 걱정해야 했다.
1443년 최윤덕 장군과 김종서 장군에 명해

여진족을 토벌하여 평안도의 4군과
함경도의 6진을 개척하게 한다. 이로써 한반도의 영토가
두만강과 압록강 유역으로까지 확대될 수 있었던 것이다.

그래도 세종대왕은 아쉬워 개탄하는 분야가 있었다.
바로 조선의 고유문자였다.
누구나 쉽게 배우고 쓸 수 있도록 하는 훈민정음에
관심이 모아진다. 세종대왕은 직접 참여해 1443년
이윽고 훈민정음을 창조해 3년 후에는 반포하게 된다.

그러나 세종대왕에 취약 부분이었던 건강에
이상 신호가 잡히기 시작한다.
30대 초반에 풍질이 발병한다.
40대 초반부터는 하루종일 정사를 보기엔
무리라는 실토의 기록도 보인다.

어린 시절부터 몸이 약했던 세종대왕
40대 후반부터는 건강이 몹시
약화되어 병석에 눕기 시작한다.
그렇게 각종 질병에 시달리다가 54세에
승하하고 만다.

아쉽다

참으로 아쉽다.

14) 불멸의 '이순신'

나의 죽음을 알리지 마라!
퇴각하는 적선 5,000여 척
물러가는 적선을 향해 맹공을 가한다.
물러가는데도 적선은 많은 피해를 입었다.
그간의 만행을 용서할 수 없었던 것이다.
그때 선두지휘에서 마지막까지의 지도자
이순신 장군

그러나 애통하게도 마지막
전장에서 적의 유탄을 맞는다.
나의 죽음을 알리지 마라!
군사들은 계속된 사기 충전으로
물러나는 왜군을 대파할 수 있었다.

전쟁이 끝나 부음이 전해지자 군사와
백성들은 애통해 통곡한다.
뛰어난 통찰력
숭고한 인격
위대한 리더십
왜란 중에 가장 뛰어난 무장
위기에 나라를 구한 민족의 위인
한민족사에 그 울림이 영원하리라….

이순신이 태어날 즈음
이미 가세는 기울어 있었다.
기묘사화의 참화를 당한 뒤였기에….
조금은 늦어졌지만 그래도 불멸의 명장이 된다.
이는 어머니의 엄격한 가정교육에 있었다.
가정에는 두 형이 있었고 동생이 있는
특별할 게 없는 평범한 가정이었다.
다르다면 사대부가의 전통인
충효가 있었고 문학이 있었다.

그러나 강한 정의감은
뒤에 상관과 충돌이 벌어지곤 한다.
다행이라면 용감하면서도 인자한

지도자 성품을 지니고 있었다는 점이다.
이로써 선두지휘로 장졸들의 사기를 북돋워
전승의 기록을 남길 수 있었던 것이다.

본가는 경기도 아산시 염치면이지만 생가는
서울 건천동에 있었다.
유성룡과도 같은 마을에서 놀이하며 자랐다. 유성룡은
징비록(懲毖錄)을 통해 어린 시절부터 예사롭지 않았다는
이순신의 자질론을 묘사해 두고 있다.

기풍이 있었으며
남에게 구속을 받으려 하지 않았다.
자라면서 말 타고 활쏘기를 좋아했고 글쓰기를 잘했다.

32세에야 병과로 급제하여 처음 관직에 나간다.
그러나 무관으로의 진로는 순탄치만은 않았다.
녹도둔전사의(鹿島屯田事宜) 때 중앙과의 마찰,
그 후 백의종군이라는 벌을 억울하게 받는다.
이때부터 이순신의 진정성을 알리려
유성룡이 나선다.

47세에 전라좌도 수군절도사가 된다.

왜군에 대해 철저하게 조사하고 공부한다.
전선을 제조하고 군량을 확보한다. 와중에
부산과 동래가 함락되었다는 급보를 받는다.
그에 놀라 경상좌수영 수군은 육지로
도망했다는 소식도 듣는다. 더 안타까운 것은
경상우수사 원균이 싸울 용기를 잃고 접전을
회피했다는 소식이었다. 그로 인해 일본 수군은 조선 수군과
싸우지도 않고 조선 제해권을 장악하게 되었다는 것이다.

왜군은 그 여세를 몰아 육지에까지 올라 약탈을 일삼았다.
이 소식을 들은 이순신은 일전을 준비한다.
순식간에 왜선 26척이 불타 왜군이 궤멸된다.
최초의 대첩 '옥포대첩'이다. 이 대첩을 신호로
한산대첩에서도 이름있는 일본의 수군지도자들이 죽어갔다.
그 후에도 연전연승이다.
이로써 제해권을 조선 수군이 계속 지키게 된다.
이는 일본군의 패전을 의미한다.

그러나 우리 조선군에서 모함을 받기 시작한다.
원균의 시기에 찬 모함이다. 옥에 갇힌다.
전라좌수사로 추천한 유성룡까지 몰아내려 한다.

이중간첩 요시라의 흉계에 말린 것이다. 정부에서는
이순신에게 정반대의 명을 내린다. 그러나 이순신은
적의 흉계를 알고 출전을 지연시킨다. 이게 죄가 된 것이다.
벌이 내려오고, 원균에게 그 역을 대신하게 한다.
이순신은 서울로 압송된다. 그 광경을 보던 백성들은
통곡하기 시작한다. 간신히 목숨만 구해
권율 장군 막하로 들어가 두 번째 백의종군하게 된다.

그해 7월 삼도수군통제사 원균은
적의 유인전술에 빠져 대패하고 만다. 이로써 그간 길러온
조선의 무적함대는 그 형적조차 찾아볼 수 없게 된다.
패보에 놀란 조야는 혼란에 빠진다.
다시
이순신 장군을 통제사로 기용한다.
조정을 기만하고 임금을 무시한 죄,
적을 토벌하지 않고 나라를 저버린 죄,
다른 사람의 공을 빼앗고 모함한 죄,
방자하여 꺼려함이 없는 죄 등의 죄명을 씌워
죽이려고 했던 그를 다시 통제사로 기용하지
않을 수 없었던 것이다.

통제사로 다시 남해 바다를 찾는다.

남은 군사 고작 120명에 병선 12척,
이걸로 나라를 구해야 한다. 그래도 이순신은
명량해전을 준비한다. 부족한 만큼
더 고민하고 더 연구한다. 결전 날이다.
12척의 배로 133척의 적군과 대결하여 대승을 올린다.

이로 인해 조선 수군을 재기시키는데 결정적
구실을 하게 된다. 명량대첩이다. 이로써
조선 제해권을 다시 찾은 이순신은 고금도로 영을 옮긴다.

진을 설치하고 백성들이 널리 둔전을 경작하게 하고
어염도 판매하게 한다. 이로 인해 장병들이
다시 모여들고, 난민들도 줄을 이어 돌아왔다.
위용도 한산도 시절에 비해 10배 이상 확대되었다.

이처럼 단시일에 제해권을 회복하고 수군을
재기시킬 수 있었던 것은 오로지 이순신의
개인적인 능력에 의한 것이었다.
더 이상 이순신에 대항할 수가 없게 되자 1598년 11월 19일
왜 500여 척이 퇴각하기 시작한다. 왜군이 패했던 것이다.

기피하려는 명 수군 제독 지린을 설득하여 공격에 나선다.

물러가는 적선을 향해 맹공을 가한다. 많은 피해를 입혔지만
자신도 적의 유탄에 맞는다.
그러나 "나의 죽음을 알리지 마라!"

한민족사에
독보적으로 길이 남길 인물이다.
그 울림이 영원하리라….

15) 르네상스를 추구한 정조대왕

"내가 이렇게 일기를 쓰는 것은
지금 당하는 핍박을 후세에 전하여
알게 하기 위해서다."(존현각일기)

정조대왕은
사도세자와 혜경궁 홍씨의
맏아들 이산이다.
영특하고 총명해
할아버지의 기대를 한몸에 받는다.

그러나 비극은 11세에 도래한다.
아버지의 비극적인
죽음을 목도했던 것이다.
정조는 1776년 왕위에 오른다.

"백성이 원하는 정치를 위해
이제 거침없이 진입할 것이다."(정조실록)

먼저 붕당정치를 그리고
영조의 탕평책을 이어받아 당파에 상관없이
능력 있는 신하들을 두루 쓰고
차별받던 서얼들에게도 벼슬길을 열어준다.

다음은 왕실도서관인 규장각을 지어
정치개혁의 중심기관으로 삼는다.
젊고 재능 있는 젊은이들을
뽑아 백성 정치를 유도했던 것이다.

정치적 발전을 다진 정조는
가난한 백성 편에서 정치를 펼쳐 나갔다.
타 지역 시전상인들이 한양에서 장사하는 것을
막던 '금난전권'을 폐지해 경제를 활성화하고
달아난 노비를 잡아들이는 '노비추쇄법'을 없앴으며
암행어사를 활용해 지방정치를 바로 잡아갔다.

정조는 궁궐 밖으로 나가
민심 살피는 일도 잊지 않았고,

영조 때 금지됐던 '격쟁'도 되살려
백성의 이야기를 들으려 했다.

"나는 낮에는
마음을 조이고
밤에는 방안을 맴돌며
잠을 이루지 못한다."(존현각 일기)

정조는 재위 중 벽파의 음모로
그의 지위까지도 위협을 받았고 심지어
우두머리 '심환지'로부터는 노골적인
비판과 공격도 받았다.

심환지는
정조가 설정한 왕권 중심
군사적 구도의 핵심인 장용영(壯勇營)을
혁파한 인물로 그려지고 있고 심지어
정조를 독살한 인물로 그려지기도 한다.

최근 발굴되어 공개된 정조가
심환지에게 보낸 비밀편지의 내용으로 평가가
달라지고 있기는 하다. 그래도 재해석에는

신중한 접근이 필요하다는 생각이다.

융릉과 건릉

조선 왕조 500년 역사에서 정조만큼
많은 이야기를 남긴 왕도 흔치 않다.
할아버지의 노여움을 사 뒤주에 갇혀 죽은 아버지
18세기 조선의 중흥을 이끈 개혁군주
새로운 신도시 수원화성 건설
규장각과 장용영 설치
그 많은 이야기는 융릉과 건릉에 묻혀 있다.
거기가 화성시 화산이다.

16) 세계 유일 문화 '태실(胎室)'

태를 편안히 모시는 제도는 옛날
옛 법에는 보이지 않는데, 이조실록에는
"반드시 들판 가운데 둥근 봉우리에
태를 묻고 태봉이라 하다"라는 기록이 보인다.

조선조에 와서부터
신앙적인 측면이 강해졌던 것으로 보인다. 태는
그 사람의 지혜나 성쇠에
중요한 것으로 여겨지게 되었고, 다분히
금기적인 성격의 내용도 가지게 되었다. 그리고
태의 처리가 다음 왕자나 왕녀의 출산에 영향을
준다고 믿었고 왕실의 번영과 권위를 상징한다고도
생각하게 되었던 것이다.

따라서 일반인들조차도 태에는 그 인간과 동기(同氣)가 흐른다고 하여 명당을 찾아 묻으려 했고 아니면 출산 후 왕겨에 묻어 태운 뒤 재를 강물에 띄워 보내려 했다. 그것조차도 어려우면, 태를 소중히 짚에 싸 강물에 띄워 장래 가능성이 무한한 바다로 흘러가게 했던 것이다.

그러나 조선 왕가에서는 후덕이 먼 지방까지 파급효과를 가져다준다는 믿음에 왕자의 태를 태우지 않고 항아리에 담아 이름난 명당을 찾아 안치했던 것이다. 그 후부터 태를 모신 주위를 태봉이라 부르며 마을 사람들은 성지로 생각하고 섬겨왔던 것이다.

당시 왕실에서 왕족의 태를 전국의 유명 명당을 찾아 적극적으로 쓴 데는 왕조의 은택을 일반 백성까지도 누리게 한다는 뜻도 있었지만, 그보다는 풍수지리에서 말하는 "동기감응론 효과"를 받자는데 더 큰 의미가 있어 보인다.

태를 좋은 땅에 묻어 좋은 기를 받으면, 그 태의 주인이 무병장수하여 왕업의 무궁무진한 계승발전에 기여할 것이라 믿었던 것이다.

또 한편으로는 사대부나 일반 백성들의 명당을 빼앗아 태실을 만들어 씀으로써 왕조에 위협적인 인물이 배출될 수 있는 요인을 아예 없애자는 의도도 있었던 것으로 보인다. 이 때문에 왕릉은 도읍지 100리 안팎에 모셔진 데 반해 태실은 전국 도처의 명당을 찾아 조성되었다.

그러나 불행은 1910년 이후부터 시작된다. 특히 1930년을 전후해 일제가 조선 망조 왕실을 관리한다는 미명 하에 전국 각 곳에 있는 태실을 옮겨와 집장지 고양시 서삼릉에 무성의하게 모아 놓기 시작했던 것이다.

이와 같은 행위는 왕족의 존엄과 품격을 비하 훼손시키고 우리 민족으로 하여금 조선의 멸망을 확인시켜주자는 의도가 있었던 것이리라. 그로 인해 전국의 40여 개소 중 현재까지 원래 안치된 태봉이 본래의 자리에 있는 경우는 거의 없게 되었다. 현재 서삼릉 집장지에 봉안되어 있는 태실은 54기이다.

17) 골육상잔 비운의 '반내골'

먹잇감 노리듯
웅크려 기 세운 백운산 그 줄기
내 고장에 와 기 내리면서
깊은 골물 토해낸다.

내 고향 반내골이다.
백운산 자락 타고 힘차진 골 물
내 마을에서 시작되는 반내이고
나를 튼실하게 키워준 골이다.

한 때
빨치산의 해방구라 했던가
우로 가는 길
좌로 가는 길

돌아가는 길

어느 길이고 덫이 되어
가을에 지던 나뭇잎만큼이나
무참히 져버렸던 사람들
그들은
우리의 친척이었고
그들의 이웃이었네.

그런데도 적이라며
밤새 도륙질이었으니
아침 개울은 붉게 물들어
콸콸 콜콜 통곡했네.

밤새 통곡하다
피로 물든 골골
그래 불려진 밤내골

해가 뜨면
국군이 밥해 달라 하고
어둠 깔리면
빨치산이 양식 훔쳐가고

밤낮으로

주인이 바뀌어 가던 세상

그렇게 하루에도

삶과 죽음이 오갔던 곳

내 고향 백운산

반내골 이었네.

골육상잔 비운의 반내골, 그간 한민족사에 수많은 크고 작은 충돌의 사건들이 있어왔지만 그중에서도 6.25 사변 동란 중 백운산 자락에서 겪었던 골육상잔의 민족적 아픔은 너무도 크고 깊었다. 대부분 농사만을 천직으로 알고 어렵게 살아가던 순박한 촌민들을 잔인하고 비겁한 방법으로 이용했고, 그러고도 보복이 두렵다며 결국에는 도륙시켰던 야만적 행위의 현장을 복원해야 한다. 다시는 반복되지 않도록 후세에 교육시키기 위함이요, 이유 없이 죽어갔던 그 **영령들의 넋을 기리기 위함**에서도 그러하다.

18) 홍익인간 '운조루' 정신

집 앞으로
섬진강이 흐른다
양촌들에 와 세차진 여울목
철철 넘어 감돌이 이루니
그 중심이 깊어 말소라 부른다

정유재란 시 왜병들이
의병에 쫓기다 수몰된 곳
선인들의 열렬 애국혼이 고인 곳
고만고만한 소(沼)들이 절벽 끼고 더 있다

그 위 형제봉 이룬 오봉산
서로 다른 채색이 아침 햇살 받아
건너편 운조루를 따스히 데운다

그 풍광이 마치 조선조의 정전(正殿)이랴….

그 앞 섬진강 물길 건너고
백사장 지나면 만석들이다
그 광활함이 품고 있는 '운조루'
도짓논 부쳐 먹든
배 곯은 도지기[1]들에 젖줄이었고
그들에 식량 곳간이었던 운조루
아무리 가물어도 아무리
인심이 흉흉해도
늘상 열려 있던 운조루의 쌀 뒤주

사랑채 옆 부엌에 눈 가린 채 놓여 있다
쌀 두 가마 반이나 들어가는 나무통 뒤주다
뒤주 문은 골목길을 향하고 있다
도지기들의 자존심을 고려한
배려였던 것이다.

거기에 그치지 않는다
굴뚝 연기보고 더 배고파할까 봐

1) 도짓논 부쳐 먹던 가난한 농부, 소작농

굴뚝조차 낮추어 연기를
바닥에 깔았다
해방 후 무질서
육이오사변으로의 빨치산 득세
그래도 뒤주는 엎어지지 않았고
운조루 문짝 하나 손상되지 않았다
나눔을 실천해 왔던 운조루 정신,
'홍익정신' 때문이었으리라….

그 이웃에서 길러져 온 필자
칠순을 넘겼는데도
아직도 '배려' 앞에서는
작아져만 든다

운조루 바라보이는 고향 오봉산
그 언저리에서 더 보고 자라
모자람을 채워야 할 것 같아라….

19) 옷감 혁명을 일으킨 문익점(文益漸)

섬진강안 월평부락
여울 소리
선율되어 흐르는 거리에
남평문씨 집성촌이 있다.

백운산 줄기 내린 자락에
선돌 세워 윗들 당숙 논,
아랫들 조카 논, 경계 이뤄진 선들[2]

백운산이 토해내듯 밀려 솟은 오산
지척이라 철 따라 오르곤 하던
내 고향 월평마을 거기가

---

2) 선돌 세워진 들의 옛 이름

순질공파 집성촌이다.

충선공
문익점을 파보 시조로 하고 있다
옷감 혁명을 일으킨 문익점
만고의 충신이요! 애국자였던 분
書壯官으로 원나라에 간다.

공민왕의 배원책을 옹호하다가
원 황제의 분노로 귀양 가게 된다
교지국(지금의 베트남)으로 보내진다
고려왕을 옹호했던 죄 혹독했다.

천신만고 끝에 풀려나 귀국길에 오른다
목화씨를 붓대 속에 감추어 온다
후손들은 귀한
목화씨를 살려 꽃피게 한다.
씨를 모아 지리산 산청마을, 그리고
섬진강 유역 마을에까지 목화재배 보급에 나선다.

목화재배와 함께 이루어진
남평문씨 집성촌 월평마을 역시

충선공 문익점을 파보시조로 하고 있다.

파보시조(순질공파) 문익점은 고려말 1331년 경남 산청군 단성면 사월리(후에 배양마을이라 부름)에서 태어난다. 유년시부터 명석해 23세에 정동향시(征東鄕試)에 합격하고, 30세에 신경동당(新京東堂)에 급제하여 '김해부사록'으로 관직에 나간다. 승진을 거듭해 33세에는 사간원 좌정언(左正言)에 오르게 되고, 1363년에는 원나라 사신의 일원인 서장관으로 추대되어 원나라로 떠나게 된다.

돌아오면서 목화씨 열 알을 몰래 가지고 고향 산청으로 내려간다. 장인(정천익)에 부탁해 목화씨를 싹 틔우게 해 한 알을 성공시킨다. 그 한 알이 다음 해에는 100알이 되고, 해가 거듭될수록 많은 종자를 확보해가게 되자 산청에 있는 마을들에 확대 보급해 나간다.

그리고 지리산 산청을 내려와 섬진강 마을들에도 목화재배를 권장해 나간다. 이 무렵 목화재배와 함께 남평문씨 순질공파 집성촌 또 하나가 **섬진강 월평마을**(문척면)에 이루어지게 된다.

충선공 문익점
공민왕 때 우문관제학까지 오른다.
그러나 고려가 망하자 두문불출한다.

이태조가 친히 불러 등용시키려 하지만
不事二君의 충절을 지켜낸다.

그로 인해 조선 개국 후에는
중앙정계에서 홀연히 종적을 감춘다.
선조들이 이씨 왕조에 충성을 거부했기 때문이다.

그러나 임진왜란이 터지자
집성촌마다 의병을 일으켜 나라 살리기에 나선다.
문익점의 9세손 목사 문위세(文緯世)는 의병장으로 권율의 휘하에 들어가 혁혁한 공을 세워 병조참판에 추증되기도 한다. 또한 문홍헌(文弘獻), 문위(文緯), 문덕교(文德敎), 문익현(文益顯) 등은 의병들을 모아 구국의 대열에서 싸웠다.

그리고 구전되어 오고 있는 **화정리**에 이르는 오봉산 길 아래 말소(馬沼)에 왜의 기병들을 수장시켰다는 이야기는 정유재란 시 호남지역을 장악하기 위해 진격해 왔던 기동력 좋은 왜군을 상대했던 이야기다(구례군 문척면). 이때도 주 세력이 되었던 **의병들은 대부분 월평 남평문씨 집성촌에서** 나왔던 것으로 구전되어 오고 있다.

거기에서 태어나

유년기를 보냈던 문정조(『아침의 나라』 작가)의
남평문씨 시조 자랑도 있다.

남평 연못가 큰 바위
키가 커 해가리 되자
그 아래서 군주가 노니니

바위에 오색구름 감돈다
갓난애 울음소리 들려온다
바위 올라보니 돌 상자 속 아이다
용모가 예사롭지 않다

거두어 기르니 영특한 아이라
일찍이 문사에 통달하고
무략에 뛰어나고
사물의 이치 깨달음이 남달라
군주는 다성(多省)이라 부르게 한다.

신라 자비왕 15년이다
지증왕 때는 중시아랑이 되고
진지왕 때는 대아랑대국사라….

신석기시대에 시작된 쌀농사는 한민족을 규정한 특징적 요소의 하나로 자리 잡게 되었고, 그의 중심이 한강 하류 강안 고양벌 가와지 유적지에 있음도 알게 되었다. 이 유적이 마침 '수메르'와 같은 시대의 역사를 하고 있음도 알게 되었고, 그후부터 그들의 농경문화를 비롯해서 교육, 신앙, 생활문화, 그리고 지향했던 생활철학까지도 비교 조사하면서 신석기시대 한민족의 원류를 찾으려 했고 그들의 이동 흐름과 종착지 고양벌까지를 다루게 되었다. 그곳에서의 한민족은 미래의 희망을 보여주게 되는데, 수도를 **고양벌**(평화통일특별시)로 하는 한민족 통일광역국가시대이다. 그 상징성을 '배달해오름'으로 해서 마무리해 보았다.

자료 수집의 어려움으로 수많은 역경을 겪으면서도 여기까지 오게 되는 데는 **필자에게 동력원이 되었던** 역사 속의 교훈적 부분이 있었다. '**광개토대왕**의 한민족 최초 **강군통일정책**'에서였다.

사실 391년부터 광개토대왕의 강군은 북쪽의 숙신, 서북쪽의 거란, 서남쪽의 후연 지역, 그리고 증조부 고국원왕을 전사시킨(근초고왕) 원한을 갚으려 백제의 한강 하류(고양지역 포함) 또한 점령한다. 더불어 신라의 북성들까지도 점령해 영향권 아래 두었던 게 역사적 사실이다. 이로 인해 한민족의 최초 통일은 광개토대왕 즉위 이후 강군시대라 말하기도 한다.

이때 점령지역의 원주민들에 미치었던 **한민족문화의 영향**은 참으로 깊고 광범위했던 것으로 전해지고 있다. 그로 인해 오늘날까지도 만주지역을 비롯한 흑룡강, 송화강 유역 마을들에 이르기까지 광의의 지역에서 **한국말이 통용되고, 한민족문화를 대대로 이어가게** 하는 것을 당연시 하고 있는 게 아닌가….

이를 필자는 **대한반도권**이라 말한다. 이는 **한민족 한반도의 미래**이다. 오늘의 한반도를 바라봐 보자. 거대한 대륙경제권 중국, 러시아와 거대한 해양경제권 미국, 일본 사이에서 어느 풍랑에도 흔들리게 되어 있는 본태적 체질로서는 특단의 돌파구가 있어야 한다는 생각이다.

그 돌파구로 "**대한반도권**"을 생각해 보게 된다. 유럽에 게르만권, 아시아에 중화권처럼 동북아에도 "**대한반도권**"이라는 인구

수 억의 내수시장과 문화-경제 블로그가 지극히 자연스럽게 이루어진다면, 한민족의 미래 세기에 밝은 해오름이 될 수 있지 않을까?

그리고 또 하나의 동력원이 되었던 인류 최초 문명을 발현시킨 선진 '**수메르인이 한민족**'이라는 가설에 대해서는 발굴된 점토판 해독내용들이 말해 주고 있다. 그 내용들을 참고로 해 당시의 수메르지역과 고양벌 가와지 유적지와의 문화를 비교조사해 인류 최초 문명을 발현했던 선인들이 한민족이었음을 확인하려는 창조적 비전과 염원도 이 책에 담아보려 했다.

우리는 지금 **두 번째 한민족의 통일**을 고대하고 있다. 그러나 평화적 통일이기를 소망하고 있다. 그 소망의 운동으로 고양벌에서는 "**고양평화포럼**"을 통해 매월 공론의 장을 마련하고 있고, 또한 하반기에는 분단의 현장을 답사해 통일의 필요성을 온몸으로 느끼게 하고 있다. 여러모로 어려울텐데 꾸준함을 보고 미력하나마 뜻을 같이하고자 한다.

그간의 노고에 감사드립니다.
그간의 인연에 감사드립니다.

| 참고 문헌 |

1) [Chronik der Deutchen] chronik Verlag, peter von Zahn, 1983.

2) [大世界의 歷史] 고대오리엔트, 삼성출판사, 1971.

3) [大韓國史] 통일조국의 형성, 이선근, 한국출판공사, 1983.

4) [中國의 歷史] 曾先之原著(金光洲編譯) 1~8권, 1984.

5) [世界百科大事典] 교육출판공사, 1981.

6) [揆園史話] 대동문화사, 1968.

7) [桓檀古記] 한민족 9000년사, 안경연, 상생출판.

8) [三國遺事] 일연원저(김원중역), 민음사, 2008.

9) [三國史記] 1145. 김부식, 한국민족문화대백과.

10) [소설수메르] 윤정모, 다산북스, 2005.

11) [수메르역사] 문정창, 1984.

12) [한단고기] 桓國, 임승국 번역·주해, 정신세계사, 1986.

13) [고양600년기념 국제학술대회] 한국선사문화, 고양시, 2013.

14) [고양600년기념 국제학술대회] 가와지볍씨의 발굴…. 이융조 외 3인,

고양시, 2013.
15) [고양600년기념 국제학술대회] 가와지유적 규소체 분석, 김정희, 고양시, 2013.
16) [고양600년기념 국제학술대회] 가와지볍씨와 벼농사, 안승모, 고양시 2013.
17) [고양600년기념 국제학술대회] 한반도농경문화 전개과정, 최정필, 고양시 2013.
18) [고양600년기념 국제학술대회] 중국쌀농사의 기원과 확산, Juzhong Zhang.
19) [고양600년기념 국제학술대회] 일본선사시대 벼농사, Hiroki OBATA, 고양시, 2013.
20) [櫛文目土器] 세계도자전집 17, 한병삼, 1979.
21) [韓國幾何文土器의 연구] 김정학, 백산학보 4, 1968.
22) [문화유적] 정석배교수, 한국전통문화학교.
23) [상고사문제와 환단고기] 박성수 교수, 상고사 강의록, 2014.
24) [아브라함이 살았던 '수메르문명'] 홍익희, Pubple, 2012.
25) [고조선문명의 형성과 한강문화] 신용하 교수, 동북아역사 수강노트, 2014.
26) [아시아인간게놈연구회(HUGO)] 논문, 연합뉴스, 인터넷 한국일보
27) <북방퉁구스의 사회조직> 시르코고르프(Shirokogorov)
28) <카인다 헤디> 구상서, 1996.
29) <人物韓國史> 博友社, 朴商璉, 1권, 1965.

30) <한국의 구석기문화와 고양> 가와지볍씨박물관, 이융조 교수, 특강 강의록, 2015.3.26.

31) <한국인의 기원> 이홍규 교수, 을지대학 내과.

32) <Die Traumstrassen Europas> Hubert Neuwirth, Die schonsten Reiserouten planen und erleben

33) <Frankreich> Baedekers, Allianz Reisefuhrer

34) <Aus der Steinzeit in den Weltraum> Die faszinierende Geschichte der Menschheit

35) <독일> 문정조, 서울 국제출판사, 1984.